Esos cielos
Bernardo Atxaga

EDICIONES B
GRUPO ZETA

1.ª edición: abril 1996

© Bernardo Atxaga, 1996
© Ediciones B, S.A., 1996
   Bailén, 84 - 08009 Barcelona (España)
Printed in Spain
ISBN: 84-406-6309-9
Depósito legal: B. 9.972-1996
Impreso por Talleres Gráficos «Dúplex, S.A.»
Ciudad de Asunción, 26-D
08030 Barcelona

Esos cielos
Bernardo Atxaga

Era una mujer de treinta y siete años que había pasado la última parte de su vida en prisión. Menuda, de expresión habitualmente seria, vestía con pulcritud y con prendas de corte masculino; al caminar, era lenta, tranquila; al hablar, su voz sorprendía, porque era ligeramente ronca; al mirar, sus ojos parecían duros, dos esferas de color marrón a las que el tiempo había sacado un brillo sombrío. Después de su puesta en libertad, había pasado una noche horrible, deambulando por los bares de la ciudad, Barcelona, y durmiendo con un hombre al que acababa de conocer. Luego, a la mañana siguiente, después de más bares y más caminatas, había decidido volver a su ciudad natal, Bilbao. Cuarenta minutos más tarde, estaba ya frente a una de las puertas automáticas de la estación del tren.

La puerta sintió su cercanía y tuvo una especie de temblor, como si las dos hojas de cristal fueran a separarse de un momento a otro, y luego, actuando esta vez como un espejo —ella se había quedado quieta y mirándose— le mostró con precisión los pormenores de su figura, la maleta de cuero que llevaba agarrada con las dos manos, las medias de color negro, los mocasines también negros, la chaqueta de ante con el lazo rojo del sida prendido en la solapa, la camisa blanca, la cabeza de pelo muy corto. Una y otra vez sus ojos repasaron la imagen, como una persona que acaba de vestirse y no está muy segura de su aspecto.

—No estoy tan mal —dijo en voz baja fijando la vista en sus piernas. Después de los años de encierro, verse de cuerpo entero le resultaba raro. Los espejos de la cárcel no solían pasar de los cuarenta centímetros de altura.

La puerta volvió a temblar y dos jóvenes extranjeras, muy corpulentas las dos, con mochilas que se elevaban por encima de sus cabezas, salieron de la estación ocupando el lugar donde había estado su imagen. Dos pasos más, y se plantaron frente a ella.

—*Could you help me, please?* —le preguntó una de ellas desplegando con brusquedad, como si fuera un paraguas, lo que parecía un plano de la ciudad. Su voz tenía un deje insolente, a la manera de las estudiantes quinceañeras de las series de televisión.

—*No, I can't* —dijo la mujer sin ni siquiera levantar la vista. No tenía humor para ponerse a examinar un plano de una ciudad de la que, prácticamente, sólo conocía la cárcel. Además, despreciaba a los turistas. A los turistas en general y a los turistas de mochila en particular.

La sequedad de la respuesta sobresaltó a las dos jóvenes, aunque, después del primer momento, la reacción derivó en una mueca voluntariamente exagerada. ¿Cómo podía tratarlas de aquella manera? ¿No tenía educación? ¿Por qué era tan agresiva?

«Oléis a sudor. Más os valdría buscar una ducha», pensó la mujer, pasándose la maleta a una sola mano y cruzando la línea de la puerta. No entendió lo que le gritaron las dos extranjeras. El inglés que había aprendido en la cárcel le servía para leer y también, en cierta medida, para hablar, pero no para entender los insultos de británicos o norteamericanos.

Una vez dentro del edificio tuvo la sensación de que se mareaba, el presentimiento de que, si seguía avanzando hacia la gente que se arremolinaba en las salas de espera o frente a las taquillas, las piernas acabarían por fallarle, y se apresuró a buscar refugio en la zona trasera de una de las tiendas, menos transitada, más vacía que el resto. A su alrededor, por todas partes, ocurrían cosas: una luz roja comenzaba a parpadear, un niño tropezaba con el carro de las maletas y caía de bruces al suelo, alguien corría con la cabeza vuelta hacia el panel electrónico de los horarios. Y en los momentos de calma, cuando el movimiento general declinaba, sus ojos tropezaban —como el niño que se había caído de bruces— con el destello de las columnas acristaladas o con el plástico chillón, amarillo o rojo, de algunas superficies.

«Así que nos dejas. Pues, muchas felicidades, de verdad. De ahora en adelante tendrás toda la electricidad que quieras.»

Las palabras que Margarita, una de sus compañeras de celda, le había dicho en su despedida de la cárcel cobraban evidencia en el interior de la estación. Había electricidad por todas partes: arriba, en el techo, repleto de plafones de luz; y abajo, en el suelo, donde las lámparas del edificio —las del techo y otras cien más— se reflejaban en las plaquetas creando una atmósfera brillante que acababa por afectar a todos los objetos expuestos en el edificio, desde las revistas o los libros hasta los caramelos de las tiendas de dulces. La diferencia con respecto a la cárcel era, desde luego, enorme, porque allá, en las celdas y en los pasillos, reinaba sobre todo la oscuridad; una especie de polvo gris que se esparcía por el aire y ahogaba la poca luz de las bombillas y los fluorescentes.

Los ojos de la mujer se movieron inquietos de un lado a otro, primero hacia la pizzería que quedaba a su izquierda, al fondo, luego hacia la zona de las cafeterías, pero no vio el mostrador de la oficina de información. No estaba en el lugar que ella recordaba, enfrente de las taquillas. En cuanto al panel de los horarios —que también le resultaba nuevo—, el nombre de Bilbao no figuraba entre los destinos de los trenes que estaban a punto de salir.

Apretó los labios y suspiró con fastidio. El reloj de la estación —un Certina negro y blanco, muy sobrio— marcaba las dos y veinte de la tarde. En el de su muñeca —también un Certina, de hombre— eran las dos y veintitrés. Sí, se arrepentía de no haber llamado aquella mañana a la estación. Estaba acostumbrada a los horarios fijos de la cárcel, a una vida que discurría, no como un río o una corriente marina, sino como las ruedecillas de los relojes, girando siempre sobre el mismo eje y sin cambiar nunca de velocidad, y cualquier imprevisto, cualquier indefinición, le producía desasosiego. Debía informarse cuanto antes de sus posibilidades de viaje.

Volvió a coger la maleta, ahora con la mano izquierda, y se acercó al grupo de viajeros que esperaba en un recinto equipado con sillas de plástico de color verde. Un chico joven, con uniforme de soldado, leía un periódico deportivo. Se acercó hasta él y le solicitó ayuda. ¿Podría informarle de los horarios?

—¿Por qué no se lo pregunta al ordenador? —le dijo el soldado, señalándole una columna rectangular. A media altura, la columna tenía una ventanilla, y en la ventanilla una pantalla luminosa de color azul.

Dejó la maleta en el suelo y se esforzó en seguir las instrucciones del ordenador. Pero lo único que consiguió fue que la máquina le informara de los trenes que marchaban a localidades próximas a Barcelona o a ciudades como París, Zúrich o Milán. Volvió a suspirar. Aquello era un fastidio.

—¿Necesita ayuda?

El soldado se había acercado hasta la columna rectangular. Ella le explicó que no lograba encontrar el horario de los trenes con destino a Bilbao.

—No hay ninguno hasta las once de la noche —le dijo el soldado sonriendo con una pizca de coquetería. Al ver la cara de asombro de ella, acentuó su sonrisa y cambió de tratamiento—. ¿Te parece tarde? —le dijo—. ¿No puedes pasar la tarde en Barcelona?

No tenía prisa por llegar a ninguna parte, ni siquiera por llegar a Bilbao, y estuvo a punto de aceptar la invitación que se insinuaba tras las palabras del soldado. Al fin y al cabo, era la primera que, en aquellos términos, con medias palabras, con delicadeza, se le presentaba en muchos años, al menos desde el sexo opuesto, y ella necesitaba de todo lo que pudiera ayudarle a reforzar la confianza y seguridad en sí misma; necesitaba que la miraran, que le hablaran, que la desearan; como a una mujer normal, no como a una puta. Sin embargo, apenas habían transcurrido veinticuatro horas desde su salida de la cárcel, y menos aún, sólo unas diez horas, desde su encuentro con el desconocido que se había acostado con ella en un hotel barato, y sentía deseos de estar sola. Miró al soldado y le respondió negativamente. No podía seguir en Barcelona, debía llegar cuanto antes a Bilbao.

—Entonces te diré la verdad —dijo el soldado con un suspiro. Estaba algo decepcionado—. Lo mejor es que vayas en autobús. Sale hacia las tres y media y hace todo el trayecto por autopista. A las diez de la noche estarás en casa.

—Por lo que veo, sabes mucho de horarios —dijo, esforzándose en sonreír.

—Por un amigo del cuartel. Siempre viaja en ese autobús. Suele coger el billete ahí mismo, en la parte trasera de la estación. La compañía se llama Babitrans.

El soldado se despidió de ella bromeando sobre las oportunidades perdidas y amagando un saludo militar. Por un instante, ella pensó continuar la broma y añadir un hilván más a la relación que se había establecido entre ellos, pero se limitó a dejarle marchar mientras le seguía con la mirada.

El soldado desapareció entre la gente, en la escalera mecánica que conectaba la estación con el metro. Sí, había sido mala suerte no haberse encontrado con él diez o doce horas antes. O quizá la verdadera mala suerte había sido encontrarse con el otro, con el tipo repugnante que la había abordado cuando ella ya llevaba recorridos cuatro o cinco bares.

Su mirada se encontró con la máquina de tabaco que había junto a la entrada de la pizzería, y los pensamientos que rondaban por su cabeza cambiaron inmediatamente de dirección y volaron hacia la época de su vida en que podía elegir cualquier marca de tabaco, o mejor, elegir la marca con la que se identificaba y cuyos paquetes solía llevar, al menos en ciertas ocasiones, como un amuleto. Se sintió de pronto más alegre, y pensó que allí mismo, con aquella nimiedad, podría comenzar su recuperación. O mejor dicho: la recuperación de sí misma por medio de los objetos que la habían rodeado en su vida anterior.

«Trata de buscar tus cosas —le había aconsejado

Margarita al decirle adiós—. Las cosas saben esperar, y son las únicas que nos pueden ayudar al salir de la cárcel. Cuando dejes esto trata de recordar cuáles eran y ponte a buscarlas. Te ayudarán mucho. Yo haré lo mismo algún día. Volveré a Argentina y no pararé hasta encontrar mis botas camperas.»

La risa con que su compañera de celda había cerrado el pequeño discurso flotó en su mente mientras se acercaba a la máquina de tabaco. Margarita ya había cumplido los sesenta años, y todavía le quedaba mucho tiempo de condena. La posibilidad de que volviera a su país natal era remota.

Su marca preferida, Lark, ocupaba la última columna de la máquina. Introdujo tres monedas en la ranura y pulsó el botón.

—¡Por fin! —exclamó para sí misma.

Llevaba varios años sin poder fumar regularmente aquella marca, Lark, su marca de siempre, la que durante su adolescencia había elegido casi como un emblema de su forma de ser. Ella había sido «la chica que fumaba Lark», y ahora, después de pasar cuatro años en una celda de la cárcel de Barcelona, tenía la posibilidad de volver a serlo. Por otra parte, la cajetilla de color rojo oscuro —rarísima de ver entre los cuatro muros de la prisión— le demostraba que, en efecto, ya estaba en la calle, y que no tardaría en tener un bolso nuevo, y en el bolso una llave, la llave de su casa, el objeto por excelencia, el más característico de las personas libres.

Puso el paquete sobre la mano abierta.

«*Lark has an inner chamber of charcoal granules to smooth the taste*», leyó. Por encima de las letras, un dibujo mostraba el interior del filtro con los granos de carbón vegetal.

Metió el paquete en el bolsillo de la chaqueta y se

dirigió al otro lado de la estación por un pasillo lateral. Enseguida, antes incluso de alcanzar la zona de las puertas de salida, vio dos autobuses aparcados en la explanada exterior, el primero completamente blanco, el segundo amarillo y blanco, y tuvo la impresión de que tenían los motores en marcha y estaban a punto de partir. Avivó el paso y cruzó casi corriendo la puerta automática en la que desembocaba el pasillo.

Asustados por su aparición, los diez o doce gorriones que en aquel momento comían las migas de pan que les acababa de arrojar una anciana echaron a volar.

—¿A dónde vas con tanta prisa? —le gritó la anciana con voz desagradable, antes de ponerse a maldecir contra el viento que, soplando a ráfagas, le zarandeaba los faldones. Parecía algo trastornada.

Los gorriones giraron sobre la explanada y, ciñéndose al viento, sobrevolaron la estación con rumbo a la cárcel, que estaba justo allí, en aquel barrio, a menos de quinientos metros. Una idea cruzó por su mente y le hizo sonreír. Era probable que aquellos pájaros tuvieran su nido en los huecos del muro de la cárcel. O más aun: era probable que aquella bandada fuera una de las que ella solía ver desde el ventanuco de la cocina o desde el patio.

Dos conductores charlaban junto al autobús de color blanco y amarillo.

—Efectivamente, éste es el autobús. Sale a las cuatro menos veinte y vuela hasta Bilbao —le respondió uno de ellos. Tanto él como su compañero parecían de buen humor.

—Vuela cuando conduzco yo. Cuando conduces tú, se arrastra —añadió el segundo conductor, y los dos hombres se echaron a reír y se cruzaron un par de puñetazos al brazo.

Miró al reloj. Faltaba menos de una hora.

—¿Dónde se coge el billete? —preguntó.

—Dentro de la estación. Ahí mismo —respondió el conductor que acababa de hacer la broma, señalando la puerta con el número siete—. Pero no hace falta que lo cojas tú. Mi compañero estará encantado de hacerte ese favor. Seguro que sí. Es muy educado, y además muy mujeriego.

—Gracias, pero no será necesario —dijo ella adelantándose a la respuesta del otro conductor. Luego, por la pura necesidad de separarse de ellos, caminó hacia una de las esquinas de la explanada y se sentó en un banco de cemento.

Dejó la maleta en el suelo y sacó la cajetilla de tabaco. La cinta dorada del envoltorio de celofán y el papel de plata que cubría los cigarrillos volaron en la misma dirección que los gorriones, hacia la cárcel.

¿Y el humo? ¿Volaría igual? Encendió el cigarrillo con su mechero de plástico, tragó el humo y luego, resistiéndose a los recuerdos que le traía el sabor de aquel tabaco —recuerdos de un baile del colegio, recuerdos de un día de playa—, lo expulsó con lentitud. Al igual que los pájaros y los envoltorios de papel, el humo tomó la dirección de la cárcel.

Cerró los ojos y movió bruscamente la cabeza. Debía dejarse de aquella clase de juegos, debía sosegarse y frenar los pensamientos que, como un enjambre de abejas, se arremolinaban en su mente para acabar siempre en el mismo sitio: la cárcel.

—Tengo que pasar de ello. Ahora estoy fuera —se dijo en voz baja. Sin embargo, lo sabía muy bien, olvidarse de la cárcel le iba a resultar difícil. Tan difícil como abandonar las costumbres que había adquirido allí. La de hablar a solas, por ejemplo.

Se echó hacia atrás en el banco y, por primera vez en aquel día, sus ojos vieron el cielo. No fue una visión agradable. El cielo no se parecía en nada al «lento río azul» del que hablaba un poema dedicado a Barcelona. Al contrario, parecía construido con mármol gris, como el techo de una tumba. No, mirar al cielo tampoco ayudaba mucho. Casi era mejor seguir pensando en las cosas de la cárcel. En cosas que en realidad eran personas como Margarita o Antonia, sus compañeras de celda, sus amigas. Debía cumplir lo que les había prometido y escribirles cada quince días o cada mes, y enviarles libros, y también algún que otro cuadro para que lo colgaran en su celda.

Terminó el cigarrillo y, volviendo a coger la maleta, se dirigió al interior de la estación. En un primer momento, mientras caminaba hacia la puerta automática, los rostros de sus dos amigas, Margarita y Antonia, siguieron en su mente, inmóviles, como dos cromos; luego, al llegar a la oficina de la compañía de autobuses y colocarse en la fila, la imagen de Margarita cobró vida y el recuerdo de su despedida de la cárcel volvió a hacérsele presente.

«Éste es mi regalo. Para que lo pongas en casa, en tu habitación», le decía Margarita moviéndose por la celda, escenario de aquella imagen de su memoria. Le ofrecía un cuadro de pequeño tamaño, un detalle del fresco pintado por Miguel Ángel en la Capilla Sixtina, Dios y Adán buscándose mutuamente con el brazo alargado.

«No pretenderás que lo acepte. Imposible. No puedo aceptarlo», le respondió ella apoyando sus palabras con un gesto enérgico. Sabía lo importante que era aquella reproducción para Margarita. Las noches en que se ponían a filosofar, por ejemplo cuando conseguían unas cervezas y se permitían el lujo de quedarse despiertas, charlando y bebiendo, hasta altas horas de la madrugada, Margarita siempre acababa hablando de aquella escena. Había un detalle, sobre todo, que para ella tenía gran importancia: el vacío entre los dos dedos. A pesar del esfuerzo que tanto Dios como Adán parecían hacer, sus índices no lograban tocarse. Por muy poco, por un espacio mínimo, pero no se tocaban. ¿Qué significaba aquello? ¿La imposibilidad del hombre para contactar con Dios? ¿La imposibilidad de ser buenos? ¿La independencia de Adán con respecto a su creador?

«Tienes que aceptarlo. Es absolutamente necesario.»

Margarita cerró los ojos adoptando la postura de una médium que acaba de entrar en trance, una actitud que era usual en ella y que le había dado cierta fama entre las mujeres de la cárcel; fama de loca, principalmente, pero también, entre aquellas que se impresionaban con su forma de hablar y su cultura, fama de sacerdotisa, de adivina.

«Pues no lo voy a aceptar», le respondió ella ordenando las cosas que ya había metido en la maleta.

«Yo sé que el cuadrito te gusta mucho, casi tanto como a mí. No sé por qué te gusta, pero te gusta. Y lo más curioso de todo es que nunca lo has dicho, que has mantenido esa atracción en secreto. Lo cual, como diría un psicoanalista de mi país, nos sugiere la presencia de algo muy gordo. No te rías, por favor. Estoy segura de que el cuadrito te recuerda algo de tu vida pasada, algo tan importante que no lo has podido contar nunca, ni siquiera con un par de cervezas de más.»

«Lo raro es que tú no lo hayas adivinado», dijo ella dejando de reír.

«¿Qué es lo que te recuerda esta escena? —insistió Margarita apartando de sí la reproducción y examinándola—. Deberías decírmelo. No te puedes marchar sin darme esa satisfacción.»

«No es nada del otro mundo. Sólo que esta pintura me recuerda a un chico de mi barrio. Era dibujante y siempre me hablaba de Miguel Ángel. En fin, es lo único que puedo decirte. No hay que darle más vueltas.»

«Yo creo que no dices la verdad», respondió Margarita mirándole fijamente a los ojos.

«Efectivamente. Pero has insistido tanto que me has obligado a inventar algo», confesó ella devolviéndole la mirada. Se estaba impacientando un poco. Quería terminar de hacer la maleta.

«Así que tenía razón. ¡Es un asunto importante de verdad! —exclamó Margarita—. En el fondo, ya lo sabía. Lo que se oculta siempre es muy importante.»

Aunque los rumores que circulaban por la cárcel hablaban del secuestro de un niño, nadie sabía con certeza el motivo de la larga condena impuesta a Margarita. Era su secreto, lo que ella nunca aclaraba, ni siquiera en aquellas noches alcohólicas que a veces pasaban en la celda.

«De todas maneras el cuadro es tuyo. Te lo llevarás en la maleta.»

«Como quieras.»

Margarita colocó el cuadro entre la ropa y los libros.

«¿Qué libros te llevas?»

Antes de que ella hubiera tenido tiempo de contestar apareció Antonia, su otra compañera de celda. Era una joven de unos treinta años, un poco estropeada por la vida que había llevado antes de entrar en la cárcel.

«Eres una asquerosa. Abandonarnos ahora, cuando mejor estábamos. De verdad, no tienes corazón», le dijo nada más entrar, subrayando el reproche con un empujoncito.

«¡Si sólo fuera eso! Además ha vaciado la número once», había añadido Margarita hurgando en la maleta y sacando uno de los libros recién guardados. La «número once» era una celda habilitada como biblioteca, una conquista de las internas de su galería.

«Sólo he cogido mis libros preferidos, no más de diez. Casi todos estaban repetidos.»

«Así que Stendhal se encuentra entre los elegidos —le dijo Margarita abriendo el ejemplar de *Rojo y Negro* que tenía en las manos—. No sé si yo haría lo mismo. No creo.»

Dejó el libro y volvió a mirar en la maleta.

«¿Y tus cuadernos de inglés? ¿Los has cogido?»

«Sí, profesora. Ya los he cogido.»

Antonia imitó a Margarita y sacó otro de los libros de la maleta. Era una antología de poesía.

«Aquí está nuestro poema», dijo Antonia, señalando una página. Luego se puso a leerlo en voz alta.

¡Golpea los barrotes!
Lanza un grito
y sal, si puedes.
Sal al encuentro del mar,
de la luna, de la casa
de la taza de café...

«Odio ese poema. Déjalo», le interrumpió Margarita quitándole el libro de las manos y devolviéndolo a la maleta.

Había cosas, como el tabaco, el alcohol o los barbitúricos, que ayudaban a soportar el encierro. Sin embargo, lo que más le había ayudado a ella había sido la lectura, o más concretamente, la pequeña sociedad literaria que habían formado Margarita, Antonia y ella en torno a la celda número once, una isla dentro de la cárcel, un lugar que, además de funcionar como biblioteca, se convertía a veces en sala de conferencias. Según los cálculos de Margarita, el noventa por ciento de las reclusas habían pisado alguna vez aquella celda, y unas quince merecían el calificativo de habituales.

—¿Se ha quedado dormida? —oyó. El empleado de la compañía de autobuses la miraba fijamente desde el otro lado del mostrador. Era un joven muy atildado, con el pelo peinado hacia atrás. Parecía impaciente.

Se disculpó y pidió un billete para Bilbao. En la zona de fumadores.

—No quisiera entrometerme, pero yo en su lugar no viajaría en la zona de fumadores —dijo el empleado hablando con mucha rapidez.

—Déme el billete, por favor —insistió ella. La gente histérica le desagradaba profundamente.

—Tranquila. No se enfade. Ahora se lo explico —le rogó el empleado hablando atropelladamente—. Lo que ocurre es que nuestros autobuses son de dos pisos, y el de abajo, el que está reservado para fumadores, no es ni la mitad de grande que el de arriba. Y si hay muchos viajeros —continuó el empleado apresurándose e impidiendo que ella le interrumpiera— todos los fumadores que van arriba bajan al piso de abajo cuando sienten ganas de fumar, y el ambiente se pone horrible. No sé si me entiende.

—Me ha convencido —contestó. No tenía ganas de alargar la conversación.

—Asiento número treinta y dos —dijo el empleado extendiéndole el billete—. Y perdone que me haya metido en lo que no me incumbe.

—No tiene importancia.

—¿Sabe por qué le he dado ese consejo? Porque he

viajado muchas veces en el piso de abajo. A los empleados nos obligan. Aunque en la zona de arriba haya asientos libres, nosotros debemos quedarnos abajo. Me pongo enfermo cada vez que tengo que hacer un viaje.

—¿Por qué no protestáis? —dijo ella cambiando de tratamiento y levantando un poco la voz—. Convocad una huelga. Y si la empresa no cede, cogéis un autobús y lo quemáis.

—Ya —dijo el empleado esforzándose en sonreír.

—Me quedan tres cuartos de hora hasta coger el autobús. ¿Dónde se puede comer aquí?

—Hay un *self service* al lado de la consigna. Se llama Baviera. Es el mejor sitio. En cuanto a lo del autobús, tampoco es para tanto. Estamos contentos con la compañía.

El empleado esquivaba su mirada. Estaba arrepentido de haber iniciado aquella conversación.

El Baviera era un lugar impersonal, hecho de plástico y acero, protegido de los ruidos de la estación por unas grandes mamparas de cristal. A ella le gustó, sobre todo por el silencio que, gracias a las mamparas, gracias también a la ausencia de hilo musical, reinaba allí. Empezaba a sentir dolor de cabeza, y aquel silencio hacía que el aire se volviera, o pareciera, más puro.

Después de dejar la maleta en el ángulo más alejado de la puerta de entrada, entró en el pasillo del mostrador y eligió dos platos: ensalada de mejillones sobre base de pimientos verdes, y macarrones en salsa de tomate.

—¿Tienen botellines de vermut? —le preguntó a la camarera que se encargaba de los platos calientes.

—Sólo tenemos lo que ve —respondió la camarera, señalando una cubeta donde se apilaban las botellas y las latas de bebida.

Puso dos latas de cerveza entre los dos platos de comida y pasó por la caja. Luego, volviendo a la mesa, se sentó en una silla desde la que abarcaba todo el local y pasó revista a los clientes: en su diagonal, en el otro extremo del *self service*, había un hombre de aspecto extranjero comiendo solo; más cerca de ella, ocupando tres mesas, unos diez chicos jóvenes y de pelo muy corto —soldados que vestían de paisano, probablemente— comían bocadillos y se gastaban bromas; después venía la mesa ocupada por un ciego con gafas oscuras y el muchacho que le acompañaba; por último, en perfecta simetría con el extranjero del otro extremo —sin amigos con quien hablar, sin compañeros de viaje— estaba ella.

Se sintió cansada. El dolor de cabeza se hizo más intenso en una de sus sienes.

«Estoy colgada», pensó fijando la vista en el extranjero del extremo opuesto. No tenía con quien hablar. Nadie la había esperado en la puerta de la cárcel. Nadie la esperaba en Bilbao. Como hubieran dicho Antonia o Margarita, tenía pocos boletos. Los mismos que un turista pobre en un país extraño.

Sacudió la cabeza —que le dolió un poco más— y trató de ahuyentar las ideas que le venían a la mente. La compasión era un sentimiento repugnante, y la autocompasión era aún peor, lo más repugnante. Debía vigilarse, ser severa consigo misma. En su situación, un comportamiento normal —un comportamiento como el de las personas que nunca han estado en la cárcel— no bastaba. Uno de los poemas que había leído en la biblioteca de la celda número once decía: «Un ser salvaje nunca siente compasión de sí mismo. Un pájaro caerá congelado de su rama sin haber sentido compasión de sí mismo jamás.» Era verdad, y ella no podía ser menos que los gorriones que había espantado en la explanada de los autobuses.

Los mejillones de la ensalada le trajeron el recuerdo de las latas de conserva que Antonia, Margarita y ella solían comer en la despensa que había al fondo de la cocina, un lugar al que ellas, por ser el centro de las celebraciones íntimas, llamaban Sancta Sanctórum. Generalmente, solían ser ellas tres solas. Según Margarita, era el número ideal de comensales.

«Tres personas comen muy bien, pueden comer y al mismo tiempo mantener una conversación fluida. Cuatro, en cambio, comen muy mal. Las conversaciones se cruzan constantemente.»

«¿Y dos? ¿Qué tal se arreglan dos?»

«Dos podrían comer muy bien, Antonia. Pero, según mi experiencia, más vale comer sola que acompañada.»

Pero para sentirse bien estando sola en una mesa —su pensamiento siguió el hilo del recuerdo— convenía tener algo de lectura, y ella no tenía a mano ni un miserable periódico. Había pensado, durante aquella mañana, comprar la prensa del País Vasco, pero al final no había tenido ganas y no lo había hecho. En cuanto a los libros que llevaba en la maleta, no quería arriesgarse a que se mancharan. Aparte de que no eran de la clase de libros que podían leerse durante una comida.

Entonces pensó en la carta. La había escrito después de desayunar en una cafetería de Las Ramblas, y continuaba en el bolsillo interior de su chaqueta. ¿Por qué no? Podía leerla de nuevo y decidir de una vez por todas si la enviaba o no. ¿Y si la manchaba con la comida? Pues en ese caso interpretaría la mancha como una señal negativa, y rompería la carta.

Apartó el plato de los mejillones, ya vacío, y limpió el borde de la mesa con una servilleta de papel. Luego abrió la segunda lata de cerveza, sacó las hojas del sobre y se dispuso a leer lo que había escrito. ¿Qué deseaba en el fondo? ¿Que uno de los macarrones escapara del tenedor y cayera sobre el papel? ¿Deseaba echarse atrás? No lo sabía, no lo podría saber hasta haber leído la carta de principio a fin.

Andoni: por fin he salido del agujero y creo que ha llegado el momento de aclarar las cosas. Yo no te quiero y tú no me quieres, así que, como solía decir mi compañera de celda, Antonia, *vaite a merda*. No quiero volver a verte, y lo único que lamento es el muchísimo tiempo que he tardado en decidirlo. Tenía que haberte dicho *vaite a merda* hace mucho tiempo, no ahora. Porque has sido un amigo triste, un mal amigo que me ha dejado sola cada vez que tenía un problema y que sólo me ha dado malos consejos. Cuando empecé a arreglar los papeles de la cárcel, por ejemplo, ¿qué me dijiste tú? Que esperara, que tuviera cuidado, que consultara con el aparato de la organización. Cualquiera que te hubiera oído habría pensado que eras un militante serio aconsejando a una militante menos seria, y sin embargo —*vaite a merda, Andoni, vaite a merda*— en toda tu vida no has militado en ninguna parte, ni siquiera en una sociedad gastronómica. Si hubieras sido un verdadero amigo nunca me habrías hablado así, porque, que yo sepa, cuando sentimos afecto por alguien solemos volvernos egoístas y no pensamos más que en nosotros mismos y en los seres queridos, no en lo que conviene a la organización o en lo que aconsejan los que están por encima del bien y del mal. Tú tenías que haberme dicho, sí, sal de la cárcel, no importa si los demás te acusan de traición, yo te apoyaré, haremos un viaje, tengo muchas ganas de estar contigo. Pero no fue eso lo que hiciste. Hiciste lo contrario.

Claro, tú no estarás de acuerdo. Me dirás lo que me decías cuando venías a verme, que me necesitas, y yo te responderé que sí, que necesitas un saco para echar en él todas tus penas y tus malas noticias, pero a partir de ahora no voy a ser yo ese saco, ya puedes ir buscándote otro. Pensándolo bien, ¡qué mal amigo serías para la vida de todos los días! ¡Qué mezquino! ¡Qué tacaño!

A estas alturas, Andoni, te estarás preguntando por qué te escribo una carta como ésta, si es que de pronto siento odio hacia ti. Pues, efectivamente, yo creo que es eso, a medida que voy escribiendo lo veo más claro. Es decir, que no es sólo lo que te decía al comienzo, lo de que no te quiero y demás, sino que es peor, es sencillamente que te odio. Sobre todo después de lo de esta noche. ¿Sabes lo que he hecho esta noche? Pues me he acostado con un hombre que no conocía de nada. Y, la verdad, ha sido humillante. Me ha tratado como a una puta, y encima le he resultado más barata que cualquier puta, porque yo he pagado casi todas las cervezas. Y el hotel al que me ha llevado debía de ser el más barato de Barcelona, hasta las sábanas estaban sucias. Si quieres saber mi opinión, la culpa es sobre todo tuya. Si tú hubieras sido mejor amigo, si te hubiera encontrado esperándome a la salida de la cárcel, nada de eso habría ocurrido.

Lo dicho, Andoni, *vaite a merda*. Y no intentes contactar conmigo en Bilbao. Si lo haces, peor para ti.

¿Enviaría la carta, o la rompería allí mismo? Encendió un cigarrillo y se puso a analizar sus sentimientos con la sutileza de quien, en la superficie de un río, trata de comprender el sentido final de todos y cada uno de los movimientos del agua. Sin embargo, no logró encontrar una respuesta precisa. Por una parte, era evidente que la carta materializaba un estado de ánimo muy concreto, el de aquella mañana, el que había seguido a la desagradable experiencia sexual con el hombre que la había abordado en un bar, y que por lo tanto era injusta, incluso innecesariamente cruel, una carta que omitía todo lo que hubiera podido equilibrar la balanza, por ejemplo la ayuda económica que le había prestado Andoni durante todos aquellos años; por otra parte, en cambio, el reproche que estaba en el centro de lo que había escrito, la falta de alegría que había rodeado la relación entre ellos, reflejaba con exactitud un sentimiento que se había ido consolidando día a día desde antes de su caída en manos de la policía.

Aspiró el humo del cigarrillo y miró alrededor. El extranjero del otro lado del local ya no estaba solo, ahora le acompañaban una mujer y una niña de unos diez años. Y el grupo de soldados vestidos de paisano también había aumentado, hasta el extremo de necesitar dos mesas más. Más cerca, el muchacho sentado junto al ciego examinaba los billetes con fruición, como si aquel examen le produjera placer.

—Maravilloso. Llegaremos a casa antes de las ocho —le dijo al ciego tras guardar los billetes.

—¿Qué cena me vas a preparar? Estoy harto de esta comida de plástico de la ciudad —le dijo el ciego con una sonrisa amplia. También él parecía contento.

—Te prepararé una enorme tortilla de patatas. ¿Te parece bien?

—Me parece cojonudo —respondió el ciego con rotundidad.

La persona a quien había tomado por un muchacho era en realidad una mujer de baja estatura. Por lo tanto —el mensaje que le transmitía el entorno le pareció clarísimo—, ella era la única persona sola del *self service*. Años atrás, al volver de una excursión del colegio o de unas vacaciones, solía encontrar a sus padres o sus hermanos en la estación, y cuando no era su familia eran sus amigos quienes iban a recibirla. Ahora, tras haber pasado cuatro años en la cárcel, no tenía a nadie.

Aplastó el cigarrillo en el suelo y metió las hojas de la carta dentro del sobre. Sus pensamientos habían cambiado de tono y se habían vuelto agresivos: ¿Por qué no había ido nadie a esperarla? ¿Dónde estaban sus hermanos? ¿Y los amigos? Sabía que muchos de ellos la despreciarían por desentenderse de la organización y actuar como una arrepentida, pero le resultaba duro aceptar que aquella actitud fuera la de todos, la de todos sus amigos de antes sin excepción. ¿Y Andoni? Pero de Andoni no cabía esperar nada. Había resultado ser un flojo, un pelele incapaz de contravenir las consignas que flotaban en los ambientes que solía frecuentar. «Has sido un amigo triste, un mal amigo que me ha dejado sola cada vez que tenía un problema», decía su carta, y era totalmente cierto.

Salió del *self service* con la maleta en una mano y la carta en la otra, y se apresuró hacia la zona donde creía haber visto un buzón. Los pensamientos que le acababan de pasar por la cabeza la habían puesto furiosa: la familia, el grupo de amigos, la misma sociedad —que no era sino una prolongación de la familia—, resultaban un buen refugio durante la infancia, una especie de alfombra por la que caminar sin cuidado, sin pisar el suelo helado o sin herirse, como decía un poema, con las afiladas piedras del laberinto; pero luego, a medida que la persona iba creciendo y madurando, aquella alfombra comenzaba a desgastarse o a deshilacharse, o peor aún, se convertía en una sustancia viscosa, una costra que se pegaba a los pies e impedía cualquier movimiento. ¡Y pobre del que se rebelara contra la sustancia viscosa! ¡Pobre del que renegara de la ley de la familia!

No, a la gente no le gusta
que uno tenga su propia fe.

No, a la gente no le gustaba que hubiera personas con criterio, y se erigía rápidamente en juez, en juez que juzga y siempre condena. Porque ésa era una de las características de los peleles, que sus juicios terminaban irremisiblemente en condena. Así habían actuado con ella. Y así seguían actuando. Primero le habían hecho la vida imposible por haberse ido a vivir con un chico; luego porque, a pesar de haberse casado con él, no había querido tener hijos; más tarde, porque había decidido divorciarse; más tarde aún, porque se había metido en líos políticos; después, al final, porque había decidido abandonar la organización y salir de la cárcel. Una y otra vez, siempre que ella decidía algo, allí estaba la costra viscosa segregada por los que la rodeaban, gente muy buena siempre, siempre muy altruista y deseosa de enseñarle el buen camino.

—*Vaite a merda*, Andoni —murmuró al echar la carta en el buzón. En aquel momento, el nombre de su amigo designaba un territorio extenso.

El Certina de la pared principal de la estación marcaba las tres y veinte. Desechó la idea de comprar prensa del País Vasco y se dirigió, ya más calmada, aliviada por haberse librado de la carta, hacia los servicios que había junto a la entrada del metro. Pasaría por el servicio y luego saldría a la explanada de los autobuses. Aunque el ambiente de la estación empezaba a resultarle atractivo —un paisaje intermedio entre la cárcel y el mundo exterior—, su dolor de cabeza iba en aumento, y necesitaba aire fresco.

«Soy una chica de dieciocho años —leyó en la puerta del servicio, mientras orinaba—. Quisiera contactar con chicas de mi edad. Si te interesa, date una vuelta por aquí cualquier sábado a las siete de la tarde. Ven con un sombrero blanco para que no haya dudas.»

No era el único mensaje. La puerta parecía una página de anuncios por palabras. No faltaban obscenidades, ni siquiera en verso:

Me gustan las mujeres
tumbadas en sus lechos
sin chales en sus pechos
suelto el cinturón.

Al salir de los servicios se encontró con una hilera de aparatos telefónicos de color verde claro. Se detuvo frente a uno de ellos, dejó la maleta en el suelo y buscó en los bolsillos de la chaqueta. Metió dos monedas de cien pesetas en el aparato y marcó un número.

—¿Qué tal estás, padre? —dijo cuando se estableció la comunicación.

Hubo un silencio al otro lado del hilo telefónico.

—Has salido —dijo por fin una voz debilitada por los años.

—Llegaré a casa esta noche. ¿Qué tal estás, padre?

—Bien —dijo la voz débil. Siguió un sollozo—. ¿Cómo vas a venir? —preguntó luego, procurando serenarse.

—Iré en autobús, padre.

Tuvo que hincar los dientes en el labio inferior. A pesar suyo, también ella sentía ganas de llorar.

—Voy a llamar a tus hermanos. Les diré que vayan a buscarte a la estación.

—No les digas nada, padre. Cogeré un taxi o iré andando. En serio, padre, prefiero que sea así.

—Ya entiendo. Lo que quieres decir es que esa... esa gente va a salir a recibirte con sus banderas y su bulla —dijo la voz débil.

—No, no es eso.

—No deberías mezclarte con esa gente. Ya te lo dije antes...

—Por favor, padre —le interrumpió con firmeza pero sin levantar la voz. En la pantallita del teléfono los números empezaron a parpadear. El dinero se estaba agotando—. Te aseguro que nadie irá a recibirme. ¿No te han dicho que ahora soy una traidora?

—Tus hermanos vienen poco por aquí. Y cuando vienen no cuentan nada. Así son las cosas cuando uno se vuelve viejo. Nadie...

La comunicación se interrumpió de golpe. Soltó una palabrota y colgó el teléfono con violencia. Siempre pasaba lo mismo. Exactamente lo mismo. Las buenas intenciones no servían para nada.

Contrariada por el fracaso de su conversación telefónica, se apresuró a salir de la estación y se dirigió a la explanada. Sin embargo, antes de dejar la acera y cruzar la calle, abandonó su propósito y decidió quedarse junto a la puerta automática hasta que toda la gente que en aquel momento rodeaba el autobús amarillo y blanco tomara asiento. No le apetecía hablar con nadie. No quería correr el riesgo de tropezar con un viajero locuaz.

Sacó un cigarrillo y levantó los ojos: el cielo continuaba gris, pero había perdido dureza. Ya no parecía una losa de mármol, sino una sábana sucia, tan sucia como la cama en la que ella había dormido la noche anterior.

Se llevó el cigarrillo a los labios y empezó a buscar su mechero.

—El fuego lo pongo yo —oyó de pronto a sus espaldas. Sobresaltada, se apartó a un lado y se giró con el puño levantado.

—¡Déjeme en paz! —chilló al hombre que se había dirigido a ella, arrancándole la cerilla de un manotazo. La cerilla cayó a la acera, pero no se apagó.

—No hace falta que te pongas así —dijo el hombre con una sonrisa que parecía surgir del centro mismo de sus ojos. Tenía aproximadamente la edad de ella, y vestía un traje marrón de buen corte y una corbata roja. A ella le pareció que tenía el aspecto de un cantante de baladas románticas.

—Le he dicho que me deje en paz —repitió ella quitándose el cigarrillo de los labios.

—¿No podemos hablar? —dijo el hombre sin perder la sonrisa. Su tono era el de una persona segura de sí misma.

De pronto, el pánico se apoderó de ella. Fue como si

algo se hubiera puesto a arder en su interior como una bola de algodón empapada en alcohol, como si la cerilla del desconocido hubiera prendido fuego al miedo que había ido acumulando durante todos aquellos años. Sin embargo, aquel fuego era frío, paralizante. Mientras corría hacia el autobús, su corazón comenzó a palpitar, y su memoria le repitió, una y otra vez, a golpes, las nueve líneas que un compañero de su misma organización había escrito tras su huida de la cárcel:

> *El ánimo de quien ha estado preso*
> *retorna siempre a prisión.*
> *En la calle se cruza con jueces, fiscales y abogados,*
> *y los policías, aun sin reconocerlo,*
> *le miran más que a cualquier otro*
> *porque su paso no es sosegado o bien*
> *porque su paso es en extremo sosegado.*
> *En su corazón habita,*
> *de por vida, un condenado.*

Al hilo de lo que decía el poema, se sintió observada, vigilada, perseguida, y tuvo la impresión de que los ojos que la miraban iban envolviéndola en una tela viscosa que le robaba el aliento y le impedía moverse. Pero, enseguida, nada más situarse en la fila de la gente que iba entrando en el autobús, se enfrentó a su pánico y —tras encender el cigarrillo que había guardado en el bolsillo— logró que su mente, sin el peso de la aprensión, comenzara a analizar lo que estaba ocurriendo a su alrededor. ¿Qué ocurría, en realidad? ¿Acaso era verdad que la observaban? ¿Acaso la vigilaba alguien? No, no tenía ninguna razón para pensar aquello. No había ninguna señal de que la estuvieran vigilando. Los viajeros próximos a ella charlaban en grupos o por parejas, y los conductores de los taxis aparcados en las inmediaciones escuchaban la radio o leían el periódico. ¿Y la gente que constantemente salía de la estación? ¿Y los que estaban sentados en los bancos de la explanada? No, todos miraban a otra parte, nadie estaba pendiente de ella. ¿Y el hombre de la corbata roja? Podía estar tranquila también por ese lado. No la había seguido. No estaba por allí.

En la puerta del autobús, una azafata iba comprobando los billetes de los viajeros. Los dos conductores de la compañía, que seguían con el mismo humor de una hora antes, intentaban bromear con ella.

—Deberías llevar el pelo como esta señorita, bien cortito —le dijo uno de ellos a la vez que le guiñaba el ojo.

—Le corresponde el asiento treinta y dos. Arriba, a la altura de esta puerta, más o menos —le dijo la azafata con el ceño fruncido. Parecía harta de aguantar las impertinencias de los conductores.

—Puedo quedarme abajo, ¿no? Estoy fumando —dijo ella, mostrándole el cigarrillo. Luego alargó el cuello y miró al interior del vehículo. Vio un pequeño mostrador con una máquina de café, y una especie de salita.

—Fumar es malo —intervino uno de los conductores, el más charlatán.

—No puede bajar hasta que el autobús se ponga en marcha. Siéntese en su plaza, por favor.

El tono de la azafata se le hizo desagradable, tanto como la actitud de los conductores. Le había hablado con la severidad de las funcionarias de la cárcel.

—Ya le guardamos la maleta —le dijo el conductor charlatán extendiendo el brazo.

—¿No puedo tenerla conmigo? Quiero aprovechar el viaje para consultar algunos libros que llevo dentro. Además, no es tan grande —dijo ella, esforzándose en ser amable.

—Como quiera. Yo nunca discuto con una mujer. O mejor dicho, sólo discuto con la mía —respondió el conductor, y él y su compañero se echaron a reír.

Una religiosa que había llegado corriendo desde un lateral de la explanada se acercó hasta ellos con la respiración entrecortada. Tenía unos sesenta años, y se había adelantado a una compañera, muy mayor, que se acercaba a pasitos cortos.

—¿Es éste el autobús para Bilbao? —preguntó a los conductores.

—¿Tienen billete? —le preguntó uno de los conductores mirando hacia la religiosa que todavía no había llegado.

—No —dijo la religiosa. Era una mujer alta, con un cierto aire nórdico. Sus ojos eran verdes.

—Pues más vale que los compren cuanto antes. Tendrán que echarse otra carrerita hasta la oficina. Estamos a punto de salir.

—Correr es muy bueno para la salud —añadió su compañero.

Los ojos verdes de la religiosa se clavaron en los del segundo conductor. En un primer momento, el hombre aguantó la mirada. Luego bajó la cabeza y musitó una disculpa.

—¿Dónde están las taquillas? —preguntó la religiosa con frialdad, a la vez que hacía un gesto a su compañera para que se detuviera y la esperara allí.

—Entre en la estación por la puerta número siete y verá la oficina de la compañía —le informó ella adelantándose a los conductores y a la azafata. Luego apagó el cigarrillo en el suelo y entró en el autobús.

—Voy a poner una película muy bonita en el vídeo. A las dos monjitas les encantará —dijo el conductor cuando ella ya subía por la escalerilla. El comentario sonó a venganza. Estaba molesto por la debilidad que momentos antes había mostrado ante la religiosa.

Al otro lado de la ventanilla del autobús, por encima de los tejados llenos de antenas, el cielo —la sábana sucia— había iniciado su transformación. Tenía ahora, en uno de sus extremos, cinco o seis rayas azules y paralelas, como si de verdad se tratara de una sábana y alguien le hubiera hecho cortes con un cuchillo. ¿No solían ser los colchones de color azul? Pues el que parecía haber allí arriba también era azul. Además —cerró los ojos al darse cuenta del detalle— las nubes cercanas a una de las rayas azules tenían tintes rojizos, el color de una mancha de sangre que alguien hubiera intentado lavar sin conseguirlo del todo.

«¿Qué pretendes ahora, marcharte?»

En la imagen del recuerdo sólo veía algunas partes del cuerpo del hombre que le hacía la pregunta, sus manos blancas, su vientre peludo, su cuello grueso. Estaban los dos en la habitación del hotel barato donde habían pasado la noche, el hombre en la cama, ella al lado del armario y vistiéndose.

Ella le respondió que sí. Pensaba marcharse.

«Ni lo sueñes. Ayer bebí demasiado y no estaba en forma. Pero hoy me encuentro perfectamente. Ven enseguida a la cama.»

El hombre la escudriñaba con la mirada. Su voz se había vuelto metálica.

«¡Enseguida, te he dicho! ¡No me gusta discutir con putas!»

«No grites. Espera a que encienda un cigarro.»

No sabía de qué material estaba hecho el filtro de

un cigarro, pero sabía, gracias a un cursillo de autodefensa que había seguido en su época de estudiante, que prendiéndole fuego y afilándolo con los dedos convertía el filtro en un arma cortante, en una especie de punzón de cristal negro.

Sacó la cajetilla de tabaco y cogió un cigarrillo. Era de la marca Habanos, la única clase de tabaco que había encontrado en el tugurio donde habían tomado la última cerveza de la noche.

«¡Lo has encendido al revés! ¡Lo huelo desde aquí!», dijo el hombre recostándose en la cama.

«Es verdad», le respondió mientras afilaba el filtro. Se quemó ligeramente los dedos, pero no sintió dolor.

Después de unos segundos, palpó la base del filtro. El material ya había cristalizado. El filo estaba cortante. Sujetó el arma con el dedo índice y el pulgar y se abalanzó sobre la cama.

El hombre lanzó un aullido cuando ella hundió el filtro y trazó una raya sobre su vientre, e intentó defenderse con los puños. Pero los dos cortes que siguieron al primero —en paralelo, desde el sexo hasta el cuello y desde el cuello hasta el sexo— le hicieron desistir. Enloquecido por el dolor, aterrorizado por la sangre que surgía de las heridas y comenzaba a manchar las sábanas, huyó corriendo de la habitación. No hacia la calle, puesto que estaba desnudo, sino hacia algún punto del hotel.

La religiosa de los ojos verdes salió de la estación y se reunió con su compañera antes de dirigirse hacia la puerta del autobús. Al verlas, abandonó el recuerdo de lo sucedido en el hotel y se puso a pensar en aquellas dos mujeres: ¿Dónde vivirían? ¿Lejos de las miserias del mundo, al abrigo de un convento de clausura? ¿O trabajaban en un hospital, con enfermos terminales? En cierto modo, se sentía igual a ellas. Las tres habían apostado fuerte. Ella por una organización política radical; las religiosas, aun cuando no fueran de clausura, por la sección más dura de su iglesia.

Antes de que se diera cuenta, el autobús ya se había puesto en marcha. Avanzando con extrema suavidad, rodeó la estación, pasó por delante del edificio de un hotel y empezó a subir por una calle bastante estrecha.

«Carrer Nicaragua», leyó la mujer en una placa, y todos sus nervios se pusieron alerta. La cárcel que había dejado la víspera daba a cuatro calles, y aquélla era una de ellas.

El autobús llegó a un cruce y giró hacia la entrada principal de la cárcel, como si el conductor quisiera mostrarle el exterior de un edificio que, a pesar de los cuatro años que había pasado en él, conocía únicamente por dentro. Sus ojos, primero, se elevaron hacia la torre de vigilancia, hasta el guardia de gorra azul y roja, y luego, después de moverse hacia la izquierda, se quedaron fijos en el tejado gris de un anexo del edificio principal. Bajo aquel tejado gris estaba la sección de mujeres, y la cuarta ventana a partir de la esquina correspondía a la celda que habían ocupado Margarita, Antonia y ella. O más exactamente, a la celda que Margarita y Antonia seguían ocupando. Era la número siete. Se acordó de la canción:

> *Si me quieres escribir*
> *ya sabes mi paradero,*
> *En la celda número siete*
> *tu carta espero.*

Una furgoneta aparcada frente a la puerta principal de la cárcel obligó al autobús a detenerse. Al otro lado de la ventanilla, paseando por la acera o sentadas en el bordillo, las personas que habían ido a visitar a sus familiares se aburrían de esperar y trataban de entretenerse haciendo cualquier cosa. Charlaban, fumaban, hacían punto, observaban las ruedas del autobús. Todos tenían mal aspecto. Todos iban mal vestidos, sin gusto, con ropa barata. Todos y todas, porque la mayoría eran mujeres. Sí, la ley era como una línea trazada al pie de una montaña, y la gente explotada y sin recursos económicos traspasaba aquella línea con la facilidad del balón de goma que va botando pendiente abajo.

La furgoneta entró en el interior de la cárcel, y el autobús reemprendió la marcha. Ella volvió a buscar la ventana de su celda.

—Adiós —susurró, con la imagen de Margarita y Antonia en su mente. A pesar de su brevedad, la palabra le quebró en la garganta, o más adentro aún, y empezó a llorar. Lloraba en silencio, con los ojos cerrados.

—Todas las cosas tienen solución. Ni siquiera la muerte es tan terrible como parece —le dijo amablemente la mujer sentada a su lado. Tendría entre cincuenta y sesenta años, y era muy corpulenta. Debía de pesar más de cien kilos.

—¿Cómo lo sabe? —le preguntó ella.

El autobús seguía subiendo por la calle guiándose por las señales de color azul que indicaban la dirección de la autopista. Se deslizaba como un pez.

—Lo sé porque he estado muy cerca de la muerte. La he tocado con la punta de los dedos, si así puede decirse —respondió la mujer corpulenta. Hablaba con flojedad, como si estuviera un poco sonámbula—. Pero no se preocupe, no le voy a contar la historia de mi vida.

No estaría bien. A la hora de viajar, todos preferimos el silencio. Para pensar en nuestras cosas, se entiende.

—A mí no me molesta que la gente me cuente su vida. Pero ahora no puedo quedarme con usted. Me voy abajo a tomarme un café.

—También eso ayuda a veces.

Al incorporarse en el asiento sintió una punzada en la sien, y pensó que el encuentro con el hombre de la corbata roja había tenido al menos la ventaja de hacerle olvidar su dolor de cabeza. Con todo, aquella reflexión volvió a despertar su miedo y la impulsó a examinar a las personas que viajaban en la plataforma, primero a los que quedaban por delante de su asiento, luego —al volverse para bajar las escaleras— a los que iban detrás. Se tranquilizó un poco al comprobar que el hombre de la corbata roja no estaba allí, pero su miedo siguió planteándole preguntas. ¿Tendría la policía intención de seguirle los pasos? Creía que no, pero el aspecto de dos o tres viajeros, y los rumores que habían corrido por la cárcel —acerca del interés que la Brigada Antiterrorista tenía en los arrepentidos—, le impedían estar segura de ello.

—Si quiere dejar la maleta aquí, yo se la cuidaré —le dijo la mujer corpulenta.

—Gracias, pero dentro llevo unos libros que quiero mirar.

—Los libros también ayudan mucho.

El conductor del autobús aceleró en cuanto enfilaron a una avenida que conducía a la autopista. Mientras bajaba por la escalerilla divisó, muy al fondo, más allá de las iglesias, las calles y las casas, una franja azul. No era el cielo, era el mar.

Tal como le había advertido el empleado de la compañía, el piso inferior del autobús era mucho más reducido que el de arriba. Una cortina de plástico oscuro aislaba la zona reservada al conductor, en tanto que la zona trasera, desde la escalerilla hasta la cola del vehículo, parecía destinada al portaequipajes. En cuanto al espacio restante, estaba repartido entre una minicocina con mostrador, un servicio, la salita reservada a los fumadores —que tenía una mesa con seis asientos alrededor— y la zona de viajeros propiamente dicha, de muy pocos asientos. Además, los objetos colgados del techo o de las paredes —aquí una fregadera de acero inoxidable o la máquina de café, un poco más allá la pantalla del vídeo— hacían que el espacio pareciera todavía más reducido.

En aquel piso tan repleto sólo se veían tres personas: la azafata y las dos religiosas.

«No han tenido mucha suerte», pensó mirando a las religiosas y saludándolas con un movimiento de cabeza. Tenían que viajar en la zona de fumadores, y con una pantalla de vídeo que les quedaba casi encima de la cabeza.

—¿Quiere algo? —le preguntó la azafata poniéndole la misma cara, entre enojada y perruna, que había mostrado a los conductores. ¿Sería de verdad una azafata? Olía a policía más que a azafata.

—Un café, por favor. Y un Bacardi con hielo —pidió. Puso la maleta sobre la mesa de la salita y se sentó junto a la ventanilla.

—Aquí no se sirven bebidas alcohólicas. La compañía...

—Muy bien, señorita. Tráigame el café —le cortó ella. Volvió a sentir una punzada en la cabeza, esta vez en el lado izquierdo.

Respiró hondo para no dejarse arrastrar por la irritación que le producía la azafata. No quería que el viaje se le echara a perder. Era el primero después de cuatro años de encierro.

Sacó una llavecita de un bolsillo interior de la chaqueta y abrió la maleta, pensando en los libros que había metido allí. Quería tenerlos a mano, tocarlos, abrirlos al azar, repasarlos. No le proporcionarían quizás, una vez fuera, tanto consuelo como en la cárcel, pero estaba segura de que la ayudarían en lo que, en palabras de Margarita, suponía su «segunda entrada en el mundo»; porque ella había estado enterrada, como Lázaro y, como él, acababa de volver a la vida.

El cuadro que le había regalado Margarita —la imagen de Dios y Adán tendiéndose la mano— estaba encima de las demás cosas de la maleta y fue lo primero que vio al abrirla. Lo dejó apoyado en el asiento contiguo y apiló seis libros sobre la mesa. Eran una novela de Stendhal —*Rojo y Negro*—, un ensayo de Jorge Oteiza —*Quosque tandem*—, las memorias de Zavattini, una antología de poesía china, una recopilación de poemas de Emily Dickinson y las cartas escritas por Van Gogh a su hermano. Cuando acabó con los libros, hizo otra pila con sus cuadernos de tapa dura.

Iba a guardar de nuevo el cuadro cuando se dio cuenta de que tenía algo escrito en la parte de atrás. Lo leyó despacio, intentando descifrar lo que decía. Se trataba de un poema. De un poema escrito en italiano.

> *Dalle piu alte stelle*
> *discende uno splendore*
> *che'l desir tira a quelle*
> *e qui si chiama amore.* *

* *De las más altas estrellas / desciende un esplendor. / Cuando el deseo aspira a ellas, / entonces se llama amor.*

Apartó los ojos de la última palabra del poema y miró por la ventanilla del autobús. A medida que se alejaban de Barcelona, iba emergiendo una segunda ciudad, su otra parte, su envés siniestro. En ella, la tierra en la que se apoyaban los pabellones nuevos, recién pintados, parecía abrasada; las fábricas de color gris, exhaustas, agobiadas por el peso del mundo; las colinas —verdes, bonitas, repletas de casas unifamiliares—, el refugio de las personas que, probablemente, estaban encargadas de que aquella segunda ciudad funcionase.

El autobús entró en el viaducto elevado que unía dos de aquellas colinas, y ella concentró su mirada en un río pastoso que discurría por debajo. Las orillas estaban llenas de gaviotas que, ajenas al ruido del tráfico, parecían dedicarse a la búsqueda de detritos; habría allí cien gaviotas, o quizá doscientas. Una de ellas levantó el vuelo y ascendió como una exhalación hasta perderse en el cielo. Por aquel lado, el cielo tenía el mismo color de la gaviota, mitad blanco y mitad gris.

—Debería dejar la maleta en su sitio. También los otros viajeros tienen derecho a sentarse aquí —le dijo la azafata, depositando ante ella la bandeja con el café, la cucharilla, la servilleta de papel y el sobre de azúcar.

—No hace falta que me lo diga. Ya sé que las maletas no se llevan encima de la mesa —le respondió, cogiendo el vaso de plástico del café y colocándolo en uno de los huecos redondos de la mesa.

Cerró la maleta después de meter dentro el cuadro, y la colocó en el suelo.

—No quería molestarla —dijo la azafata sin cambiar ni un ápice su expresión—. ¿Quiere auriculares? —le preguntó a continuación, mostrándole una cajita roja.

—¿Para qué sirven? ¿Para ver la película del vídeo?

—Uno de los canales es para el vídeo. Los demás, para escuchar música. ¿Los quiere?

Asintió con la cabeza y alargó la mano hacia la caja roja.

—Son doscientas pesetas —le dijo la azafata al ver que no hacía ademán de pagar.

—Perdone. Pensaba que estaban incluidos en el precio del billete.

Sacó la cartera del bolsillo de su chaqueta y la abrió muy cerca de su pecho. No quería que la azafata se diera cuenta del poco dinero que llevaba. Sólo contaba con un billete y algunas monedas. Y lo malo era —la idea le sobrevino de repente, como una revelación; la revelación de algo que ya sabía pero que había relegado a un rincón de su mente— que aquello era casi todo su capital. Sí, el dinero iba a ser su problema. Porque el verdadero problema, el número uno, el problema que resumía todos los problemas, era siempre el económico. Lo malo de un loco no era su locura, sino que esa locura le impedía tener dinero. Y lo mismo se podía decir de un enfermo o de una persona que, como ella, acababa de salir de la cárcel.

—Perdone, con el café son trescientas —le dijo la azafata aceptando las monedas que ella le daba pero manteniendo la mano abierta. Parecía tensa.

Se apresuró a añadir el dinero que faltaba, y la azafata sonrió mecánicamente y desapareció tras la cortina de plástico que separaba la zona del conductor del resto de la plataforma. ¿Sería de verdad una empleada de la compañía? La aprensión —el miedo— volvió a abrirse paso hacia su interior, por los intersticios, como una corriente de aire, y temió encontrarse en el centro de una de las historias que siempre se contaban en la cárcel, la de la reclusa que, puesta en libertad, era seguida por la policía para, al fin, ser cogida de nuevo y con más ruina.

Relajó los hombros y encendió un cigarrillo. No debía temer. La siguiera o no la policía, fueran o no ciertas sus aprensiones, no tenía de qué preocuparse. No iba a cometer ningún delito. Y tampoco iba a volverse paranoica. Los libros le ayudarían, los cuadernos le ayudarían. Como en la cárcel.

Tomó uno de los cuadernos que había dejado sobre la mesa. Era el de sus ejercicios de inglés. Lo abrió al azar y leyó un poemilla que Margarita había utilizado al comienzo de las clases para que sus alumnas —dos prostitutas, además de Antonia y de ella— memorizaran los nombres de los días de la semana:

Salommon Grundy
born on Monday
christened on Tuesday
married on Wednesday
took ill on Thursday
worse on Friday
died on Saturday
buried on Sunday
That was the end of Salommon Grundy.

Al otro lado del cristal de la ventanilla, el paisaje iba liberándose de la presión de la ciudad y adquiría su aspecto habitual: había casas de labranza, había árboles, había pájaros. Tres cuervos, quietos en el cable que marchaba en paralelo a la autopista, daban la espalda al tráfico y parecían absortos en sus reflexiones. Cuando ella los alcanzó con su mirada, los pájaros se echaron a volar.

«*The life of Salommon Grundy was very short. Ti-*

me flies like a bird. Time flies as the arrow does», leyó concentrándose de nuevo en el cuaderno.

Nada existía en estado puro. Aquel cuaderno de inglés no era sólo un cuaderno de inglés. También era su diario, y los diferentes estados de ánimo estaban allí perfectamente reflejados.

«Time is a wonderful thing. We must not spend it staying in prison.»

Tomó un sorbo de café y luego, con la pluma que llevaba en el bolsillo de la chaqueta, hizo una tachadura y corrigió la frase que acababa de leer.

«Time is a wonderful thing. We must not waste it staying in prison», leyó. Le pareció que la frase estaba mejor.

Aspiró el humo del cigarrillo y siguió repasando las cosas escritas en el cuaderno. Sus ojos se detuvieron en una hoja llena de números. No era su letra, sino la de Margarita.

Los recuerdos volvieron a su mente.

«Llevas aquí tres años, diez meses y veinte días. Si sales en libertad el próximo martes, será un total de tres años, diez meses y veintisiete días», le había dicho Margarita apuntando la cantidad en el cuaderno. La memoria situaba la escena en su celda, después del toque de silencio, en la hora que las reclusas, muy cansadas —cansadas de moverse entre cuatro paredes, cansadas de pensar, cansadas de pegar gritos—, se limitaban a fumar y a contemplar cómo se deshacía el humo de sus cigarrillos, o cómo se lo llevaba alguna corriente de aire; alguna corriente de aire o, quizá, por qué no, la misma brisa del mar. Porque el mar —las reclusas acababan por olvidarlo— estaba muy cerca de la cárcel.

«Entonces, redondeando —siguió Margarita—, has pasado aquí cuarenta y siete meses. Por lo tanto, si tenemos en cuenta que la media de vida actual de la población femenina es de setenta y cuatro años, o sea, ochocientos ochenta y ocho meses, tú has pasado en la cárcel el cinco coma treinta y cinco por ciento de tu vida. ¿Te parece mucho o poco?»

A Margarita le gustaba plantear juegos crueles, sobre todo en las conversaciones nocturnas.

«¿Qué preferiríais? ¿Que el amante que teníais antes de entrar aquí se fuera con otra, o que muriera en un accidente? Y otra cosa: si el diablo o el hada madrina, o los dos juntos, os concedieran la oportunidad de realizar un deseo, uno solo, ¿qué pediríais? ¿Salir de la cárcel o que un amigo vuestro que estuviera muerto resucitara?»

Al principio, había sentido desconfianza hacia Margarita e incluso había pensado pedir un cambio de celda por incompatibilidad con ella. ¿Qué clase de persona era aquella mujer que hablaba tanto y se regodeaba en lo más morboso? El rumor que corría por la cárcel, la historia de que Margarita había secuestrado a un niño para vengarse de un hombre, no le parecía, en esa época, difícil de creer. Pero con el tiempo, como quien traspasa una frontera y va poco a poco adaptándose al clima y a las costumbres de un nuevo país, empezó a sentirse contenta en aquella compañía. Como compañera de celda, Margarita no tenía precio. Era una mujer inteligente, quizás algo anormal, que hablaba mucho pero que casi siempre —tal vez porque había trabajado profesionalmente en el teatro— hablaba diferente, como alguien que cambia constantemente de papel o como el que, por su carácter maníaco, no puede controlar los altibajos de su estado de ánimo.

«En qué quedamos. Ese cinco coma treinta y cinco por ciento, ¿te parece mucho o poco?»

«Dicho así me parece poco. Pero seguramente es mucho.»

«Suena a comisión —intervino Antonia—. Y puesto que las comisiones normales suelen rondar el diez por ciento, ese treinta y cinco por ciento no está nada mal.»

Margarita sonrió ante la ocurrencia de Antonia y continuó haciendo cálculos.

«Claro, depende de cómo se mire. Por ejemplo, si calculamos el tiempo en horas, la comisión supondría treinta mil horas. Imaginad cuántas películas, cuántas cenas en restaurantes, cuántos paseos por el campo o la playa, cuántos viajes, cuántos...»

«¡Cuántas horas de trabajo! —le interrumpió Antonia—. Cuando estaba fuera trabajaba diez horas al día en una fábrica de conservas. Esas horas no deberían contar. No son horas perdidas. Al contrario.»

Antonia lo había dicho muy en serio, pero ello no impidió que Margarita soltara una carcajada. Estaba contenta. Aquel día, el juego estaba saliendo bien.

«Muy bien, estoy de acuerdo en restar las horas de trabajo, siempre tan desagradables. Así que, a diez horas por día, y si no me he equivocado al hacer la cuenta, tu estancia en la cárcel supondría una pérdida de sólo quince mil horas. Horas buenas, horas de las de verdad.»

«Quita también las horas de sueño. El sueño es igual en todas partes. Seguro que hay gente que vive en palacios y duerme peor que yo aquí.»

«Te veo muy inspirada, Antonia. Tienes muchísima razón. Vamos a quitar esas horas —asintió Margarita. Luego hizo el cálculo—. Ocho horas de sueño al día supone una resta de doce mil horas. Por lo tanto, nuestra querida compañera ha perdido en la cárcel tres mil horas. Sólo tres mil horas de las de verdad.»

«Hay otra cosa más, Margarita. Las horas buenas que se pasan en la cárcel. Las horas buenas son horas buenas en todas partes.»

«Es verdad. Ahora mismo nos lo estamos pasando muy bien. Y en estos años hemos tenido muchos momentos como éste. Creo que podríamos bajar el número de horas perdidas a mil quinientas.»

«Todavía hay que bajar más. Tened en cuenta cuántas horas malas se pasan fuera. Las horas malas son iguales en todas partes.»

«Tú siempre tan lúcida, Antonia. Pues bien, calculando por lo bajo, en un plazo de cuatro años puede haber unas mil quinientas horas malas. Por lo tanto, restamos esas mil quinientas, y ya tenemos el resultado. Es igual a cero.»

Margarita volvió a reír. Luego, dirigiéndose a ella, añadió:

«Enhorabuena. Puede decirse que vas a salir de la cárcel sin haber estado en ella. Lástima que mi caso o el de Antonia sean más graves. Nuestro veinte por ciento tiene difícil arreglo. ¿No es así, Antonia?»

«Pagamos demasiada comisión.»

El autobús terminó de subir una larga pendiente y llegó a un alto desde el que se abarcaba una gran extensión de terreno. Para entonces ya habían dejado atrás la segunda ciudad, la otra parte de Barcelona, y predominaban los viñedos; viñedos jóvenes de color verde, separados por hileras de cipreses, con una caseta aquí y otra más allá, lejos de la autopista. De todos modos —se dio cuenta de ello al repasar lo que veía desde su ventanilla— la victoria del campo sobre la ciudad todavía no era completa: de vez en cuando, como una garrapata pegada a la piel, aparecía un edificio sucio, un almacén quizás, o una fábrica vieja.

Entre el techo del autobús y la cortina de plástico que aislaba al conductor quedaba un hueco de unos cincuenta centímetros de anchura. En aquel hueco —la pendiente era ahora de descenso— aparecieron de pronto un trozo de cielo azul y las luces rojas y verdes de una estación de peaje. Casi al mismo tiempo, como por simpatía, la pantalla de vídeo se llenó de barras de colores.

El autobús entró en la zona pavimentada del peaje y sus ruedas comenzaron a sonar. Poco después, cuando el autobús siguió camino y pasó por debajo del arco que unía las cabinas de cobro, ella tuvo la sensación de que cruzaba una frontera y que se alejaba por fin de una parte de su vida que había durado, exactamente, tres años, diez meses y veintisiete días. O, mejor dicho, veintiocho días, porque también había que incluir en la cuenta el tiempo que había pasado desde la salida de la cárcel hasta el inicio del viaje.

Cerró el cuaderno de inglés y se colocó los auriculares que venían en la cajita roja. Los tres primeros canales ofrecían música de orquesta, supuestamente relajante; el cuarto también estaba dedicado a la música, pero intercalaba noticias deportivas; el quinto, conectado con el vídeo, reproducía de palabra la nota que en aquel mismo instante mostraba la pantalla: la película que iban a dar tenía por título *Eva y la Serpiente*, y cumplía todos los requisitos legales.

—La serpiente es el ser más maligno de cuantos creó Dios Nuestro Señor —oyó a través de los auriculares. En la pantalla, junto con los créditos, aparecía una serpiente de verdad.

La banda sonora de la película, una melodía de tonos graves, envolvió las palabras que siguieron a la presentación:

—La serpiente dijo a la mujer: ¿Así que Dios os ha prohibido comer de los árboles del huerto? La mujer respondió: No, podemos comer los frutos de los árboles que hay en el huerto. Sólo del árbol que se encuentra en medio del huerto nos ha dicho Dios: No comáis de él, no os acerquéis a él, de lo contrario moriréis.

Se quitó los auriculares y terminó de beber el café con la mirada puesta en la espalda de las dos religiosas, cuyos asientos se encontraban un poco más adelante. Si el comentario irónico que había hecho el conductor antes de salir de Barcelona tenía alguna base —había dicho que la película iba a gustar mucho a las dos monjas—, les aguardaban unas cuantas escenas fuertes.

Miró por la ventanilla. La capa gris del cielo iba haciéndose más delgada, y las manchas de color azul empezaban a ser numerosas, sobre todo en los extremos, en la lejanía. En el centro, por donde se ocultaba el sol, el gris adquiría tonos amarillentos como si el cielo, allí, fuera de cuarzo.

A toda velocidad, el autobús seguía avanzando por la autopista en la mejor dirección posible, hacia la parte más azul del horizonte. Como, además, el runrún del motor resultaba tranquilizador, mucho más que la música de orquesta que servían los auriculares, ella pensó, de pronto, como si se tratara de una revelación, que se encontraba bien, muy bien, en armonía, contenta de lo que oía y contenta de lo que veía, con el sabor del café en la boca y el aroma de su tabaco preferido en el aire, en aquel rincón del autobús, medio acurrucada en la sala que, por alguna razón, quizá por no querer inhalar humos ajenos, ningún otro viajero deseaba visitar. En realidad, según había observado en un par de ocasiones, los viajeros del piso superior preferían que la azafata les llevara el café o el refresco a su asiento. Mejor para ella, ojalá fuera así durante todo el viaje.

Cogió un libro del montón que tenía sobre la mesa, y buscó un fragmento subrayado, una reflexión del escultor Oteiza que casi sabía de memoria. Le pareció que el bienestar que sentía en aquel momento tenía mucho que ver con lo que se describía allí, y deseaba leerlo de nuevo. Necesitaba que los libros, o mejor, la gente que estaba detrás de ellos, le diera seguridad y le confirmara lo que sentía.

De muy niño, en Orio, donde he nacido, mi abuelo solía llevarnos de paseo a la playa. Yo sentía una enorme atracción por unos grandes hoyos que había en la parte más interior. Solía ocultarme en uno de ellos, acostado, mirando al gran espacio solo del cielo que quedaba sobre mí, mientras desaparecía todo lo que había a mi alrededor. Me sentía profundamente protegido. Pero ¿de qué quería protegerme? Desde niño, como todos, sentimos como una pequeña nada nuestra existencia, que se nos define como un círculo negativo de cosas, emociones, limitaciones, en cuyo centro, en nuestro corazón, advertimos el miedo —como negación suprema— a la muerte. Mi experiencia de niño en ese hoyo de la arena era la de un viaje de evasión desde mi pequeña nada a la gran nada del cielo en la que penetraba, para escaparme, con deseo de salvación.

Volvió a mirar por la ventanilla. A pesar de las manchas azules, que eran como huecos, como puntos de entrada, su espíritu —nervioso, rodeado de cosas negativas— no podía penetrar en aquel cielo para luego quedarse allí flotando como una nube más. Sin embargo, aquella visión la reconfortaba. Como el ruido monótono del motor. ¿A qué velocidad iría el autobús? ¿A ciento cuarenta? Apenas tenía tiempo de contemplar las masías situadas en los bordes de los viñedos que iban dejando atrás.

Dejó el libro de Oteiza y cogió la novela de Stendhal, *Rojo y Negro*. Era un libro hacia el que sentía un gran agradecimiento. La historia de Julien Sorel y la señora Renal le había proporcionado muchas horas de placer cuando llevaba alrededor de un año en la cárcel, en el periodo más duro de su encierro, en aquel tramo opaco que iba desde la muerte de la esperanza —la flor triste que todas las reclusas se prendían en el ojal el mismo día del ingreso— hasta el momento de la aceptación. Gracias al libro, parte de aquel tiempo, tiempo de plomo, había adquirido ingravidez.

Lo abrió al azar y se puso a leer.

El sol, al ponerse y acercar así el momento decisivo, hizo palpitar el corazón de Julien de un modo singular. Llegó la noche. Observó, con una alegría que le quitó un peso inmenso del pecho, que sería bastante oscura.

Deseaba continuar aquel fragmento —otro de sus fragmentos subrayados—, pero no pudo. El arrullo del motor la adormecía dulcemente. Antes de dejar el libro y cerrar los ojos pensó que ya no le dolía la cabeza, que se sentía cada vez mejor, que estaba reaccionando bien ante la nueva situación, ante el mundo. Fue su última reflexión. Luego se durmió y empezó a soñar.

EL SUEÑO

Como si de una obra de teatro se tratara, el sueño tuvo varias partes, cada cual con sus personajes y su decorado. Cuando, a causa de algún movimiento brusco del autobús o de algún ruido, ella entreabría los ojos y estaba a punto de despertarse, las escenas perdían pureza y se presentaban con pegotes de recuerdos e ideas adheridas al sueño igual que el barro y las briznas de hierba se adhieren a los zapatos del que camina por el bosque. Sin embargo, a pesar de las intromisiones, el sueño, bastante largo, mantuvo su coherencia desde el principio hasta el final.

Las escenas de la primera parte del sueño se desarrollaban en un amplio jardín, unos diez años atrás, cuando ella sólo contaba veintisiete años.

—¿Veis? Pronto florecerán —dijo un anciano de porte aristocrático, apareciendo en el escenario. Con el mango de plata de su bastón señalaba una hilera de cerezos cuyas ramas estaban repletas de brotes.

—Demasiado pronto, ¿no? Todavía puede nevar —dijo ella desde una barandilla de hierro forjado. La barandilla formaba parte de la *loggia* de una hermosa casa de piedra.

—Según leí el otro día, en Biarritz no ha nevado en el mes de marzo desde mil novecientos veintiuno —dijo una tercera persona apareciendo también en escena. Era un joven de aspecto delicado, de unos veintitrés años, que se expresaba con timidez. Le llamaban Larrea, y pasaba por ser el principal representante de la organización política más radical de cuantas se habían reunido en casa del aristócrata.

«El principal representante de la organización política más radical», repitió ella acercándose a la frontera entre el sueño y la vigilia, y recordó de pronto todo lo que rodeaba a aquella escena. Ella y otros quince militantes —miembros, todos ellos, de cuatro organizaciones que practicaban la lucha armada—, estaban reunidos en el palacio de un aristócrata en los alrededores de Biarritz con el fin de analizar las posibilidades de una estrategia conjunta. Tres días después de que comenzara la reunión, el acuerdo era total salvo en un punto: ¿Había que atacar todo tipo de bancos? ¿O había que respetar los fundados en el País Vasco y con el dinero de los vascos? En lo que se refería a aquella cuestión, el joven de aspecto delicado y su grupo habían tomado una postura, y todos los demás, la contraria. La conversación trivial que el anciano aristócrata había iniciado con la excusa de los cerezos no había tenido otro objetivo que el de aliviar las tensiones derivadas del enfrentamiento.

—¿Bajamos al jardín? —preguntó el aristócrata al grupo reunido en la *loggia*—. Podemos sentarnos en la mesa ovalada que hay bajo el magnolio y tomar un *apéritif*. Falta más de una hora para la cena.

Del grupo surgió un murmullo de aprobación.

—Deberías coger un jersey o una chaqueta. Te vas a enfriar —le dijo Larrea.

El sonido de un claxon estuvo a punto de sacarla de su sueño, pero unos cuantos segundos más y las imágenes de la reunión de Biarritz continuaron pasando por su mente con nitidez y entidad, tan reales como el vaso de plástico del café o los libros que había tenido en la mano. Vio, así, el jardín de la casa del aristócrata, y en el jardín, bajo un magnolio, una mesa ovalada de piedra. La mayoría de los militantes que habían participado en los debates estaban sentados alrededor de aquella mesa; casi a oscuras, porque la sombra del árbol robaba la poca luz de la tarde.

Sentada a la mesa, ella tuvo la impresión de que su mente pensaba por su cuenta, y que las ideas que allí se iban formando eran fenómenos tan ajenos a su voluntad como las reacciones químicas que tenían lugar en sus vísceras o los latidos de su corazón. Sorprendentemente —hasta ese momento no había sido consciente de lo que le ocurría—, toda aquella actividad involuntaria giraba en torno al joven Larrea. Sólo faltaba un día para que finalizara la reunión, después de la cual, al pertenecer ambos a organizaciones distintas, casi enemigas, no volverían a verse.

Aquella certeza la perturbaba poco a poco, desentendiéndose de la conversación que se desarrollaba en la mesa entre el aristócrata y sus compañeros de reunión, la idea inicial engendró una idea gemela: no podía aceptar aquella separación, tenía que alargar su mano a Larrea. Inmediatamente, su mente le sirvió una posibilidad nueva y extrañamente atractiva: sí, tenía que alargarle la mano a Larrea, pero en sentido literal; tenía que cogerle de la mano, allí mismo, antes de que todo el grupo subiera a cenar. Por fortuna, Larrea se había sentado cerca de ella. Sólo les separaba el corpachón de un militante al que llamaban *Yeti*.

El aristócrata acabó de contar una anécdota, y todos los de la mesa se echaron a reír. Ella no. Se sentía cada vez más turbada. Empezaba a comprender; empezaba a aceptar el verdadero sentido de alguna de las actitudes que había mostrado durante los debates. Nunca había intentado rebatir los argumentos de aquel chico. Al contrario, se había sentido molesta cuando algún miembro de su propio grupo, el mismo Yeti por ejemplo, se había dirigido a él con brusquedad o de forma irrespetuosa. Y en los descansos, así como en las comidas y en las cenas, siempre había procurado situarse cerca de él.

Bebió un poco de vermut y se comió la aceituna que venía con la bebida. ¿Debía admitirlo? ¿Debía pronunciar la palabra? Había transcurrido más de un año desde su divorcio. ¿Estaba enamorada?

El aristócrata seguía hablando y esforzándose en distender el ambiente. Tenía el vaso de vermut en la mano, y la punta del palillo de la aceituna asomaba por encima del cristal.

«Cuando se lleve la aceituna a la boca, cogeré de la mano a Larrea», pensó. No parecía una operación fácil, ya que tenía que pasar el brazo por detrás de la espalda de Yeti, con mucho cuidado, sin que nadie la viera. ¿Qué pasaría si alguien de la mesa se daba cuenta? ¿Y si Larrea rechazaba su mano? Aquellos pensamientos aceleraron los latidos de su corazón. Era cierto que bajo el magnolio la oscuridad era cada vez mayor, pero también el riesgo —el riesgo de quedar en ridículo— le parecía cada vez mayor.

Al poco rato de quedar ella a la espera de la señal, el aristócrata buscó el palillo en el vaso y, tras varios intentos —no debía de ver bien—, consiguió llevarse la aceituna a la boca. Luego partió el palillo en dos y lo dejó en uno de los ceniceros de la mesa.

Ella echó el cuerpo hacia atrás y comenzó a pasar el brazo izquierdo por detrás de la espalda de Yeti.

—¿Cuándo vamos a cenar? Tengo hambre —dijo alguien. Su brazo se detuvo de golpe.

—Terminemos primero el vermut —propuso el aristócrata.

Entre Larrea y Yeti había un espacio mayor del que ella había supuesto, casi otro brazo. La dificultad se hizo mayor cuando Yeti, interpretando mal su postura —había inclinado su cuerpo hacia él—, la atrajo hacia sí y comenzó a abrazarla rodeándola con un brazo.

—Hace algo de frío, ¿no? —dijo una militante que estaba sentada al lado del aristócrata, y dos o tres personas le dieron la razón. En cualquier momento, la gente empezaría a levantarse de la mesa.

Se libró del abrazo de su compañero e hizo un último intento de acercarse a Larrea extendiendo al máximo el brazo, la mano y el dedo índice.

Entonces sucedió algo inefable. En contra de todas las probabilidades, la punta de su dedo índice tocó de lleno la punta de otro dedo índice. Sobresaltada por lo inesperado del contacto, retiró rápidamente la mano y recuperó su postura en la mesa. Miró hacia Larrea: tenía el brazo extendido y le tendía la mano por detrás de la espalda de Yeti.

Las imágenes del sueño despertaron en ella el mismo escalofrío que había sentido diez años antes en el jardín de Biarritz, y se acurrucó en su asiento para disfrutar de aquella sensación. Pero no le fue posible. El autobús —seguía volando a unos ciento cuarenta kilómetros por hora— entró en un badén y cabeceó un poco, lo suficiente como para interrumpir su sueño y obligarla a abrir los ojos. Por un momento, al otro lado de la ventanilla, vio un pueblecito rodeado de pinares y una gran franja de cielo azul. Pensó que estaba bien, que aquel cielo azul estaba bien. Luego cerró los ojos e intentó recuperar la escena del jardín.

Fue inútil. El sueño había tomado otro rumbo, y una nueva escena sustituyó a la anterior. Ella y el compañero de organización a quien llamaban Yeti discutían en un museo marítimo, en la sala donde se exhibía el esqueleto gigante de una ballena.

—¿Qué juego te traes entre manos? —le preguntó Yeti.

—No te entiendo —respondió ella alejándose hacia los huesos de la cola de la ballena. Sintió una punzada de dolor en la cabeza.

—Estáte quieta, por favor. Lo que te tengo que decir es muy serio —dijo Yeti. Caminaba de forma torpe y no le gustaba moverse.

La mayoría de los escolares que en aquel momento visitaban el museo se repartían entre el acuario de los peces tropicales y el dedicado a los pulpos. Sólo una niña se había quedado aparte. Miraba a las lampreas negras, a sus dientes blancos. ¿Acaso era una imagen de ella? ¿También ella había sido así, una niña solitaria?

La pregunta suscitada por la imagen del sueño se desvaneció enseguida. Volvió a ver la cara de Yeti.

—Me entiendes perfectamente. Estás saliendo con ese tipo, Larrea. Sabemos que os veis. Sin ninguna duda, además. Sin ninguna duda.

A pesar de su aspecto, no era un hombre rudo. Hablaba sin violencia, como si lo que decía le causara pesar. Ella suspiró y acarició con la mano una costilla de la ballena.

—¿Quién lo ha dicho? ¿La gente de seguridad?

—Es muy peligroso para la organización. Muy peligroso.

Yeti repetía las cosas dos veces. Que penetrara bien la idea, como el clavo en la madera.

—¿Por qué es peligroso?

Las palabras le salían de la boca sin producir eco alguno en su interior. Se le ocurrían cosas absurdas. Cuánto habría medido la ballena a la que habían pertenecido aquellos huesos, por ejemplo.

—Tanto él como todos los de su grupito están detectados. La policía los controla.

—Eso no es verdad.

Cuando vivía en el mar, ¿qué velocidad alcanzaba aquella ballena? ¿Hasta qué profundidad era capaz de descender? ¿Podía descender hasta la zona donde vivían las lampreas? Las preguntas acudían a su mente sin que su voluntad interviniera.

—Te digo que es verdad. La policía los mueve como peleles. Lo más seguro es que a ti también te hayan detectado.

—Ya sé que llevan otra estrategia, pero afirmar que están bajo control policial es una calumnia. Eso sólo lo ha podido decir un sectario.

—No podéis seguir con vuestra relación. Tenéis que separaros inmediatamente. No hablo por hablar. Es una orden de la organización.

—Lo pensaré.

—¡No hay nada que pensar! ¡Es una orden! ¿No lo entiendes? ¡Es una orden!

Yeti dejó de gritar y lanzó un suspiro.

—Es una orden. Una orden. Tienes que entenderlo —dijo a continuación volviendo a su tono pesaroso anterior y pasándole el brazo por la espalda. Ella se echó a llorar. El mensaje había llegado al fin al fondo de su conciencia. Sí, ya lo entendía. No vería de nuevo a Larrea. O sí, lo vería una vez más, *just to say good bye*.

Abrió los ojos y la luz la deslumbró. El sol ocupaba una gran parte del cielo, precisamente la que quedaba al otro lado de la ventanilla, y por lo que pudo apreciar caía a plomo sobre un desierto gris. ¿Cuántas serpientes vivían allí? ¿En qué se había convertido el paraíso después de que Eva hiciera caso de la serpiente? ¿En un desierto gris como el que ellos estaban cruzando? Volvió a fijar la vista en lo que había al otro lado de la ventanilla y vio una línea recta formada por los postes metálicos de la electricidad, y una bandada de cuervos alrededor de uno de ellos. ¿Cuántos cuervos vivían en aquel desierto?

«Estoy dormida», se dijo a sí misma en un intento de conjurar aquellas preguntas sin sentido. Se arrebujó en el asiento y buscó otras imágenes. Quería que el sueño continuara.

Estuvo unos minutos con los ojos cerrados y tratando de seguir las conversaciones que se oían en aquella zona del autobús. Luego —las voces le parecían cada vez más lejanas— vio una flor, un geranio de color violeta. Supo que volvía a estar dentro del sueño. Había visto aquella flor en su último encuentro con Larrea, al otro lado de la ventana de cristal esmerilado de un baño.

—¿Tú qué quieres? ¿Dejarlo? —decía Larrea. Se estaba duchando, y el agua caliente le enrojecía la piel de los hombros y de los brazos.

—Ya sabes que no —respondió ella desde el taburete del baño. Tenía el cuerpo envuelto en una toalla grande, y fumaba un cigarrillo.

—No creo que tengamos muchas opciones —dijo Larrea, cerrando el grifo de la ducha—. Yo no te puedo pedir que entres en mi organización, y tú lo mismo, no me puedes pedir que vaya con tu gente. No sería serio. Además, sinceramente, no creo que me admitieran.

El geranio del otro lado de la ventana aparecía y desaparecía según los movimientos de Larrea en la bañera.

—Tal como lo planteas tú, sólo podemos hacer dos cosas —dijo ella—. O desobedecemos la orden y seguimos juntos, o nos despedimos hoy mismo.

Por primera vez desde el encuentro en casa del aristócrata había tensión entre ellos.

—No debemos confundir nuestro caso con el de Romeo y Julieta. No somos unos jovencitos —dijo Larrea cogiendo la toalla y secándose. Sonreía, pero como para sí mismo.

—¿Cuántos años tenían Romeo y Julieta? —le preguntó ella. La decisión que estaban a punto de tomar le acatarraba la voz y la volvía más ronca que de costumbre.

—Romeo no sé, pero Julieta quince o dieciséis.

—Entonces es verdad. Eran mucho más jóvenes que nosotros. Bueno, me voy a vestir.

Se levantó del taburete y salió del baño.

—¿Qué piensas? ¿Que no me importa? —le dijo Larrea cuando ella ya iba por el pasillo.

Tras aquella pregunta, el escenario del sueño volvió a cambiar, del baño a la plaza Condorcet, donde estaba situada la casa. Vio que Larrea se marchaba en busca de su auto mientras ella, de pie en la acera, se preguntaba qué ocurriría a continuación. ¿Se marcharía directamente, sin despedirse? Desde la primera vez, su forma de decirse adiós había seguido los modos del primer contacto, cuando sus manos se habían encontrado en la oscuridad: Larrea abría la ventanilla de su coche, sacaba el brazo unos metros antes de llegar a su altura, y las dos manos se buscaban en el aire y se tocaban ligeramente.

Larrea salió del aparcamiento conduciendo su auto y, respetando la ceremonia, abrió la ventanilla y sacó el brazo. Por su parte, ella salió a la calzada y se preparó para el gesto de despedida. Pero por alguna razón, aquel día fallaron. Las dos manos no llegaron a tocarse.

Larrea frenó el coche, como si quisiera pararse y repetir la despedida, pero al final optó por seguir adelante. Ella tampoco supo reaccionar, y se limitó a ver cómo se alejaba.

Nunca volvería a ver a su amante. Moriría unos quince días más tarde al tratar de desembarcar con un bote en una playa de Vizcaya. Según los rumores, la policía le había tendido una emboscada.

De pronto apareció en escena la cara de Yeti.

—¡Las mujeres lo confundís todo! ¡Lo confundís todo! —le gritó—. ¿Cómo puedes decir que lo delatamos nosotros? ¡Si lo hubiéramos querido eliminar, le habríamos pegado un tiro nosotros mismos! ¡Nosotros mismos! ¿Lo entiendes o no lo entiendes? Nosotros no nos dedicamos a dar chivatazos a la policía, lo sabes tan bien como yo. Mira, vamos a hacer una cosa. Estás muy nerviosa. Vete a París a pasar unos días y tranquilízate.

—No quiero ir a París. Prefiero tomar parte en alguna acción.

—¡Lo confundís todo! ¡Todo! —Yeti se estiraba la barba y gesticulaba—. ¡Pues no! ¡No participarás en ninguna acción! ¡Irás a París! Es más, te mantendrás alejada de la organización durante tres meses.

Una voz nueva entró en escena.

—Es una gente muy peligrosa, sin duda —decía. Era una voz de hombre—. Pasan un montón de años sometidos a una dura disciplina y haciendo salvajadas, y luego no pueden adaptarse a la vida de todos los días. Igual que los soldados que estuvieron en la guerra del Vietnam.

—El otro día pusimos una película en el vídeo que trataba sobre eso. Un veterano del Vietnam secuestraba a los clientes de un supermercado por una tontería. Porque no encontraba un bote de mermelada, creo.

Era la voz de la azafata del autobús, sin duda. ¿Estaban hablando de ella? El corazón le empezó a latir con fuerza. Unos segundos después, el hombre que hablaba con la azafata confirmó sus temores.

—Mírala, ahora está dormida y parece una mujer normal. Pero sólo lleva un día fuera de la cárcel y ya ha cometido una fechoría. Esta noche pasada ha dejado totalmente marcado a un hombre. Le ha hecho unos cortes tremendos con un objeto punzante. No sabemos muy bien con qué tipo de objeto, porque los cortes son un poco raros. No son cortes limpios. En fin, que por eso estoy aquí, para llevarla de nuevo a la cárcel. Es capaz de cualquier cosa.

Creyó reconocer aquella voz. ¿No era la del hombre que en la estación de Barcelona se le había acercado con una cerilla? Aquel tipo de la corbata roja, ¿estaba allí? Nada más hacerse aquella pregunta alguien le dio un golpe en la rodilla y ella gritó.

Se incorporó en el asiento y abrió los ojos. A su alrededor todo permanecía tranquilo. La azafata del autobús hablaba con un hombre muy fuerte y con cara de boxeador, en tanto que, de espaldas a ella, las dos religiosas leían con la cabeza inclinada, evitando así las imágenes que mostraba la pantalla del vídeo. No, no había gritado de verdad. El grito se había quedado dentro de su sueño, al otro lado, en la parte de la realidad que en aquel momento a ella le parecía más sólida, más intensa.

Volvió a fijarse en el interior del autobús, el reducido espacio que, a pesar de su aparente inmaterialidad, era ahora el verdadero escenario de su vida. Las religiosas seguían leyendo y la azafata escuchaba el comentario que el viajero con aspecto de boxeador hacía sobre una película. Y también el ruido del motor seguía allí, envolviéndolo todo con suavidad. En realidad, las únicas cosas que no seguían en su sitio eran sus libros y su café. Los libros estaban en el suelo, y el vaso de plástico del café había rodado por la mesa derramando el líquido.

Recogió los libros, secó la mesa con una servilleta de papel y se levantó del asiento para alcanzar un cubo de basura adosado a la pared metálica del servicio. Por algún motivo, su movimiento atrajo la atención de la religiosa de los ojos verdes, que dejó la lectura del libro y se volvió hacia ella. El gesto duró muy poco, pero lo suficiente para mostrar la crispación de aquel rostro. Su ceño estaba fruncido; sus arrugas parecían profundas.

—¿Por qué tienen que ver la película si no lo desean? Deberían pedir que lo apagaran —le dijo ella, adivinando el motivo de aquella crispación.

En la pantalla del vídeo, una criada corría por la galería de un palacio perseguida por el señor de la casa, una especie de petimetre con el pelo engominado. Iba vestida con una simple bata, y no parecía llevar ropa interior. De vez en cuando cambiaba bruscamente de dirección, y su culo quedaba al descubierto.

—La azafata dice que no se puede —le respondió la religiosa de los ojos verdes volviéndose de nuevo hacia ella. Hablaba alto, con voz enérgica.

—¿Por qué no se puede?

La azafata estaba pendiente de la conversación, pero no quiso intervenir.

—Según parece, no se puede privar del derecho de ver la película a los viajeros que bajan a fumar. De todas formas, gracias por su interés. En estos tiempos, muy poca gente se preocupa de la suerte de dos viejas religiosas como nosotras.

—De acuerdo —le dijo ella un poco azorada. El diálogo que acababa de mantener confirmaba la rareza de su situación. Desde la época del colegio, era la primera vez que hablaba con una religiosa.

Volvió a sentarse en la mesa de la salita y se colocó los auriculares.

—Acércate a mí, Marie. Seguro que haces muy

bien el amor —oyó. En la pantalla del vídeo, la criada semidesnuda y el petimetre se encontraban frente a frente en un pajar contiguo al palacio.

—¿Qué le pasa? —dijo la criada retrocediendo.

—¡Ven aquí! ¡Yo soy el dueño de esta casa, y todo lo que hay aquí me pertenece! —vociferó el petimetre agarrando a la criada y tirándole de la bata.

—¿Se ha vuelto loco? ¡No tiene ningún derecho! —protestó la criada. Era una actriz muy mala, y pronunció la frase sin determinación.

Hubo una elipsis en la película. La pantalla mostró un primer plano del petimetre.

—¡Perdóname, por favor! —gimoteaba—. ¡Yo no quería ofenderte! ¡Yo te amo! ¿Por qué no me respondes? ¡Respóndeme, te lo suplico!

Dejó los auriculares sobre la mesa y se restregó los ojos con las dos manos, como si quisiera lavarlos sin agua. Luego encendió un cigarrillo y se puso a mirar por la ventanilla, hacia el desierto gris que estaban atravesando, hacia las montañas del fondo del paisaje, hacia el cielo. Pero en ningún sitio pudo percibir nada concreto, porque la luz del sol —un sol fuerte, que parecía de verano— atravesaba la capa de nubes y lo tapaba todo con su blancura resplandeciente.

La luminosidad que reinaba en el interior del autobús daba nitidez a la columna de humo que salía de su cigarrillo, y se entretuvo en observar sus evoluciones, en seguir con la vista los rizos y las espirales que formaba la liviana materia antes de difuminarse en el techo del autobús. Por un momento, pensó en su vida y en las cosas que deseaba olvidar; pensó que debía esforzarse en convertir parte de su vida en humo, un humo que luego, como el del cigarrillo, formaría espirales y rizos para acabar desapareciendo en el aire. ¿Sería posible tal alquimia? ¿Podía convertirse la vida en humo? ¿Lo peor de la vida también?

Sujetó el cigarrillo con los labios y guardó en la maleta dos de los libros que tenía sobre la mesa, la novela de Stendhal y el ensayo de Oteiza. A continuación, miró los que quedaban en el montón y eligió otros dos libros: la antología de poesía china y la recopilación de poemas de Emily Dickinson.

> *Los dos corazones, lejos uno del otro,*
> *se aman en silencio, sin hablar.*
> *La mujer cose a la luz del candil,*
> *el hombre camina bajo la luna.*
> *En cuanto llega a las escaleras, el hombre sabe*
> *que su mujer sigue despierta.*
> *Se escucha un ruido en el silencio de la noche:*
> *las tijeras han caído al suelo.*

La lectura del poema la transportó a la cárcel. Se vio a sí misma tumbada en la litera de su celda y escuchando las risas de la gente que, la noche del viernes o del sábado, pasaba por alguna calle próxima a la cárcel; escuchando aquellas risas y pensando que, a pesar de todo, el amor era la cuestión más importante de la vida. Que el tópico era cierto, que los poemas chinos decían la verdad, que incluso las canciones más tontas tenían razón en ese punto.

Los ojos se le fueron de nuevo hacia el cristal de la ventanilla. Las colinas que habían aparecido después del desierto gris estaban cubiertas de maleza y tenían zonas cultivadas, pero seguían estando desiertas. Por un momento, pensó en los insectos, en los ratones, en los pájaros que debían de vivir allí. Luego pensó en el silencio que rodearía la vida de aquellos seres, y en lo dura que sería aquella vida. Pero no debía compadecerles: los insectos, los ratones y los pájaros eran seres muy fuertes, preparados para hacer frente a la desgracia.

También el interior del autobús estaba en silencio. No ocurría nada, todo estaba tranquilo. La película del vídeo había terminado. Las dos religiosas dormitaban en sus asientos. La azafata leía una revista. El viajero con aspecto de boxeador había regresado a su asiento.

«Eso ha estado muy bien», pensó, recordando la carta que había depositado en el buzón de Barcelona. No, no quería volver a ver al amigo de sus últimos años. *Vaite a merda, Andoni.* La soledad era preferible a las relaciones mediocres. En realidad, cualquier cosa era mejor que una relación mediocre.

Apagó el cigarrillo y se restregó la cara por segunda vez. Tenía que frenar el movimiento que se apoderaba de su mente. Pensaba demasiado, recordaba demasiado, se cansaba demasiado.

«Tengo que controlarme», pensó. Pero sabía que era difícil. Después de los cuatro años en prisión, rodeada siempre por los mismos objetos y las mismas personas, sometida día tras día al mismo horario, todo lo que iba encontrando fuera le resultaba agudo y violento y arrastrando a su espíritu a una especie de vaivén en el que, vertiginosamente, lo blanco sucedía a lo negro, la euforia a la depresión, la alegría a la tristeza. Lo peor era que los altibajos la fatigaban, le robaban las energías que tanto iba a necesitar a partir del día siguiente, en el mundo de verdad, no en el de sus sueños o en el del autobús que viajaba por una autopista anónima y casi abstracta. ¿Encontraría trabajo? ¿La admitirían en el hospital donde había trabajado antes? Seguramente no. Al parecer, así se lo había dicho su padre en una carta, las nuevas promociones de enfermeras habían cubierto todas las plazas, las buenas y las malas.

El autobús comenzó a frenar, y ella se encontró de pronto mirando al conductor del coche que en ese instante les estaba adelantando. Era un joven delgado y bien vestido, y llevaba el asiento de atrás lleno de periódicos. ¿A qué se dedicaría? ¿Tendría un trabajo fijo? ¿Cuánto ganaría al mes? Y las enfermeras, ¿cuánto ganarían? El coche siguió adelante y el autobús se desvió hacia la derecha. Estaban llegando a un área de servicio. Al poco rato, la azafata cogió un micrófono y avisó a los viajeros. La parada duraría media hora.

Sin ninguna vacilación, el autobús sorteó la gasolinera y dejó atrás el aparcamiento de los camiones, buscando luego la explanada donde estaban el motel y el supermercado. Había ya otro autobús de la misma compañía aparcado allí, el que hacía el recorrido inverso, de Bilbao a Barcelona.

La azafata volvió a coger el micrófono y explicó que iban a efectuar el cambio de costumbre, el conductor y ella pasarían al otro autobús, mientras que la azafata y el conductor que habían venido en el de Bilbao pasarían al suyo. Deseó un viaje feliz a los viajeros y les dio las gracias en nombre de la compañía.

—Muy buena noticia —dijo ella entre dientes pensando en el cambio anunciado y levantándose del asiento. Aquélla era una de las ventajas que el autobús tenía sobre la cárcel. Se perdía de vista a la gente, las azafatas desagradables sólo duraban medio viaje.

Los viajeros de la parte de arriba comenzaron a bajar por la escalerilla metálica. Ella cogió el tabaco y el libro de Emily Dickinson y se apresuró hacia la puerta. Quería salir cuanto antes y ser la primera en el mostrador de la cafetería, no malgastar un solo instante de la media hora de descanso. Compraría bebida y algún sándwich y se iría a sentar en un montículo que había visto al pasar junto a la gasolinera. Parecía un buen lugar para contemplar el paisaje.

Había un montón de gatos en la entrada de la cafetería del motel y uno de ellos se dirigió a ella tan pronto bajó del autobús. Tenía la cabeza y el lomo negros, y el vientre blanco. Estaba lleno de cicatrices.

—¿Cómo quieres que tenga comida? Todavía no he comprado nada —le dijo ella al pasar. El gato la siguió con la mirada puesta en sus manos—. No seas bobo. Estas cosas no son comestibles. Esto de aquí es un libro, y esto un paquete de tabaco —añadió. Antes de que terminara la frase, el gato salió disparado hacia un viajero que en aquel momento bajaba con un bocadillo.

El mostrador de la cafetería era muy largo, y los camareros estaban situados a unos tres metros de distancia uno del otro. Los dos del final estaban libres de clientes, y se dirigió hacia ellos.

—Uno de esos sándwiches y dos latas de Heineken —pidió.

—¿De qué clase quiere el sándwich? —le preguntó uno de los camareros levantando la tapa de la vitrina del mostrador y cogiendo unas pinzas. Casi al mismo tiempo, el otro camarero sacó las cervezas del refrigerador y las puso frente a ella. Trabajaban con rapidez—. Vegetal, de jamón y queso, sólo de queso, de atún y mayonesa, de anchoas, de huevo y bacon...

A la vez que nombraba los sándwiches, les iba dando golpecitos con las pinzas. A ella le costaba decidirse. Estaba aturdida ante tanta variedad.

Según iban entrando en la cafetería, los viajeros formaban dos filas, por un lado los que bajaban a los servicios, por otro los que se dirigían al mostrador a pedir algo. Una mujer corpulenta la saludó desde la fila que bajaba a los servicios.

«¿Quién es?», pensó, respondiendo al saludo con un movimiento de cabeza. El rostro de la mujer se le hacía familiar ¿Dónde la había visto antes? ¿En Bilbao, antes de entrar en la cárcel?

Salió precipitadamente de la cafetería y se dirigió hacia el montículo que había junto a la gasolinera. No quería encontrarse con nadie de su vida anterior y lamentaba, ya entonces, antes de llegar a Bilbao, a la casa de sus padres, los comentarios de los vecinos que la conocían desde niña, qué tal estás, no te preocupes, te olvidarás enseguida de la cárcel... Y lo mismo o tanto más que los comentarios lamentaba las respuestas que forzosamente tendría que darles, sonriéndoles y haciéndose la estúpida, haciendo como que no se daba cuenta de lo que verdaderamente pensaban, pobre desgraciada, qué va a hacer ahora, si no estuviera divorciada tendría al menos algo en que apoyarse, su padre no merecía esta desgracia en sus últimos años.

—¿Va a dar una vuelta? —oyó al pasar por delante del supermercado contiguo a la cafetería. Esta vez eran las dos religiosas quienes la saludaban.

Su mente se iluminó de pronto. La mujer corpulenta que la había saludado en la cafetería no pertenecía a su vida anterior. Era otra de las viajeras del autobús; su compañera de asiento, concretamente. Había cruzado unas palabras con ella antes de bajar a la zona de fumadores.

—Sólo voy a ir hasta allí. Tengo ganas de tomar un poco el aire —respondió a las religiosas, señalando el montículo próximo a la gasolinera. La gasolinera era roja y amarilla, y el montículo estaba cubierto de un césped verde brillante.

—Que aproveche —le dijeron las religiosas a la vista de la bolsa de plástico que llevaba en la mano.

Tuvo que esforzarse para que sus movimientos se parecieran a los de una persona corriente. Sentía el impulso de caminar deprisa, o mejor aun, de dar sesenta y cinco pasos a toda velocidad para, al tocar ese límite, dar la vuelta y comenzar otra serie igual. Ésa había sido su forma de caminar por el patio de mujeres de la cárcel, y al cabo de cuatro años y de miles de vueltas, aquella costumbre se había superpuesto a su tendencia natural, proclive a la lentitud y a las caminatas sin rumbo. Los sesenta y cinco pasos habían acabado por convertirse en una distancia de hierro, un canon.

—Dos patios y medio —le dijeron, o imaginó que le decían, sus pies. Estaba ya en la gasolinera. Un patio más y llegaría a la cima del montículo, la atalaya que había elegido para la primera media hora que, después de cuatro años, iba a pasar en pleno campo.

Una ráfaga de aire arrancó un saco de plástico del montón donde estaba colocado y lo llevó a rastras por el piso de cemento. Fue lo único que vio moverse. En la gasolinera no había nadie, al menos no lo parecía. Los surtidores —rojos, inmaculados— parecían recién colocados y a la espera del primer vehículo. La puerta de la oficina estaba cerrada.

El viento arrastró dos sacos de plástico más y se los llevó en la misma dirección que el primero. Un instante después, cuando el ruido de los sacos al rozar con el suelo se hizo imperceptible y todo volvió al silencio, los altavoces colocados en el techo de la gasolinera —ella no los había visto hasta entonces— comenzaron a difundir las notas de un coro en el que se mezclaban voces humanas y aullidos de perro.

Se detuvo en seco. Conocía aquel comienzo. Pertenecía a una canción que Antonia solía poner muchas veces en el aparato que tenían en la celda. Sí, al coro de voces y aullidos le seguiría una guitarra acústica, y a la guitarra las palabras de un cantante que hablaba de un sueño, de un bonito sueño que al final se quedaba en falsa alarma.

Por fin, las palabras que ella estaba esperando surgieron del altavoz:

> *Last night I dreamt*
> *that somebody loved me;*
> *no hope, but no harm,*
> *just another false alarm.* *

¿Se podía vivir sin amor? ¿Era soportable una vida en que las noches se sucedían sin un abrazo? ¿Qué hacer cuando ya no quedaban amigos sobre la tierra? Las preguntas surgían en su mente una tras otra, y ella las retenía con cierto sentimiento de pudor, porque aquel mundo, el de las canciones, el de las letrillas sentimentales, no era el suyo, o no lo había sido al menos hasta su entrada en la cárcel.

Un hombre vestido con un mono azul salió de detrás de un surtidor y le obligó a interrumpir sus pensamientos.

—¿Por qué te has parado ahí? —le gritó el hombre. Llevaba una barra de hierro en la mano.

—No he venido a cometer un atraco. No te pongas nervioso —respondió ella con voz segura. Pasó por delante de él y siguió camino del montículo.

—¿A dónde quieres ir? Esa zona verde es propie-

---

* *Anoche soñé / que alguien me quería; / sin esperanza, pero sin dolor, / tan sólo otra falsa alarma.*

dad de la gasolinera. Tenemos orden de mantenerla limpia —dijo el empleado.

—*Vaite a merda* —respondió ella sin volver la cabeza.

Dejó sobre la hierba todo lo que traía, el libro de Emily Dickinson y la bolsa con los sándwiches y las cervezas, y flexionó las rodillas hasta quedarse sentada como en los descansos de las clases de yoga que les habían impartido en la prisión. Ante ella, al fondo de una llanura amarillenta, había dos árboles que debían de ser muy altos y muy fuertes, pero que vistos desde allí, parecían tener menos consistencia que las patas de una araña. A la derecha de los árboles, sobre el horizonte, el cielo era azul pálido; a la izquierda, azul oscuro. El sol estaba sobre los árboles, pero bastante lejos del horizonte, en la zona donde los dos azules del cielo volvían a unirse.

Sintió el frescor de una ráfaga de aire en la cara. *«Last night I dreamt that somebody loved me»*, decía el viento en aquel instante. *«No hope, but no harm, just another false alarm»*, añadió mentalmente cuando el viento amainó y se calló.

Volvió a pensar en la canción, y en las preguntas que un momento antes le había sugerido. No, no se podía vivir sin amor, como tampoco las arañas —las pequeñas arañas rojizas de la cárcel, por ejemplo— podían moverse por el aire sin un hilo. A veces, por la invisibilidad del hilo, parecía que sí, pero sólo era una ilusión. El hilo era necesario, el amor era necesario. Lo malo era la fragilidad. El hilo se rompía enseguida, el amor también. De una manera o de otra. Si no hubieran matado a Larrea...

—¡No pienses en ello! —exclamó de repente dándose manotazos en la cabeza. Tenía que ahuyentar aquellas ideas de la cabeza. Tenía que controlarse. Después de tanto tiempo, pensar en Larrea no servía para nada.

Cerró los ojos y comenzó a respirar profundamente. El sol le daba en la mejilla derecha, y ella trató primero de concentrarse en la sensación de calor. Sin embargo, como su mente no acababa de fijarse allí, desvió su atención hacia el gato que le había salido al paso al bajar del autobús. ¿De qué color era su cabeza? ¿Negra? Sí, negra. ¿Y el lomo? ¿También era de color negro el lomo? Sí, también, sin ninguna duda. ¿Y el vientre? No, el vientre no era negro, era de color blanco. ¿Y la cola? De la cola no recordaba nada, o mejor dicho, recordaba que tenía una cicatriz justo en el comienzo.

Oyó un ruido, como si alguien zarandeara una bolsa de plástico, y abrió los ojos. El gato en el que había estado pensando se encontraba a un metro de ella y trataba de sacar los sándwiches de la bolsa.

—¡Qué haces aquí! —gritó, asombrada por la aparición. El gato se asustó y dejó la bolsa—. ¡Ni que hubiera hecho magia! —añadió. Aquella inesperada casualidad le divertía.

El gato se sentó a unos dos metros con los ojos clavados en la bolsa.

—¿Cuál prefieres, el de queso o el vegetal? —preguntó ella cambiando de tono. Cogió un trozo del de queso y lo dejó sobre la hierba. El gato lo atrapó rápidamente.

—¿Te gusta la cerveza? —le preguntó algo más tarde, cuando se acabaron los sándwiches. Sin hacer caso de la lata de Heineken que le ofrecía, el gato se alejó hasta la ladera del montículo y se quedó mirando hacia el horizonte. El cielo seguía con sus dos partes azules, pero en la frontera entre ambas, sobre los dos árboles altos, se veía una fila de nubes planas. Consideradas con algo de fantasía, parecían platillos volantes despegando en dirección al sol.

Dejó la lata de cerveza y abrió el libro de Emily Dickinson. Quería buscar un poema sobre la hierba que le gustaba mucho. Se había prometido a sí misma que lo leería en voz alta la primera vez que se sentara en la hierba después de salir de la cárcel.

Lo encontró enseguida, y se puso a leerlo despacio, pronunciando cada palabra como una niña, o como una sonámbula. El alcohol de las cervezas que había bebido le ayudó a perder la vergüenza que, incluso estando sola, sentía al leer en alto.

Tiene la hierba tan poco que hacer:
una esfera de sencillo verde
con sólo mariposas que criar
y abejas que atender.

Y balancearse todo el día con hermosas canciones
que las brisas acercan,
y sostener la luz del sol en su regazo
y ante todas las cosas inclinarse.

Y pasarse la noche enhebrando rocíos, perlas,
y ponerse tan guapa
que una duquesa fuera demasiado vulgar
para una tal notoriedad.

E incluso cuando muere, irse
en olores divinos
como humildes especias que se han ido a dormir,
o como amuletos de pino.

Y después, en soberanos silos habitar
y soñar con los días ya lejanos;
¡Tiene la hierba tan poco que hacer!
¡Ojalá fuera una brizna de hierba!

De los altavoces de la gasolinera surgía ahora una especie de marcha y ella se dirigió al motel siguiendo el ritmo que marcaba la música. Después del descanso, se sentía de buen humor.

En vez de ir directamente al autobús —faltaban unos cinco minutos para la salida—, entró en el supermercado y compró todo lo que se le iba ocurriendo mientras pasaba por delante de las estanterías, primero unas chocolatinas Crunch y un pequeño frasco de crema hidratante, luego una revista de modas, otra de esoterismo y tres periódicos de información general. Era su primera compra después de mucho tiempo, su primera compra de verdad, muy diferente de las que solían hacer en el economato de la cárcel, y tuvo la impresión de que, paso a paso, iba cambiando de mundo e integrándose en la realidad.

«¡No te empeñes en ser perfecta!», leyó en el pasillo de salida, mientras esperaba a que la cajera terminara de cobrar a otra cliente. La frase venía en la portada de la revista de modas. «¿Estás obsesionada por que cada cosa esté en su sitio? ¿Te has propuesto ordenar alfabéticamente tus compactos? Pues no pierdas tu tiempo ni tus energías intentando controlar este mundo caótico. Serás más feliz.»

No pudo evitar una mueca de disgusto. Las cosas absurdas le molestaban profundamente. No, no iba a ser tan fácil adaptarse a la realidad.

—La moneda que necesita la tiene en la mano —dijo la cajera.

—¡Es verdad! —suspiró la cliente que estaba delante de ella. Era la mujer corpulenta que la había saludado en la cafetería, su compañera de asiento—. Antes no era tan torpe, pero desde que empezó a fallarme la salud no acierto con nada. Le ruego que me disculpe.

—Quizá necesite gafas —le dijo la cajera.

—No, no es una cuestión de vista. Es una cosa más grave. Aunque la verdad es que últimamente me siento bastante bien —respondió la mujer corpulenta. Luego se volvió hacia ella—. ¿Y usted? ¿Qué tal se siente después de fumar el cigarrillo?

—Bastante bien —dijo sin apenas levantar la mirada de la revista. No quería darle pie a que le siguiera hablando. En cuanto bajara la guardia, aquella mujer le contaría la historia de su enfermedad con todos los detalles.

—Usted y yo somos iguales —continuó la mujer corpulenta, deteniéndose al otro lado de la caja—. También a mí me gusta la soledad. Prefiero mil veces estar sola a llevarme los desengaños que se suele llevar la gente.

—Me he movido de mi asiento porque quería fumar. No para estar sola —dijo ella después de abonar su compra.

—No se lo decía por eso. Se lo decía porque la he visto en aquel montículo —le corrigió la mujer corpulenta cuando las dos salieron al exterior—. Pero no crea que la he estado espiando. Lo que pasa es que he tenido la misma idea que usted y cuando me he acercado allí la he visto. Estaba con un gato, ¿no?

—El gato me ha seguido, sí.

—Por un momento he pensado en ir adonde usted y sentarme a su lado. Pero la he visto tan ensimismada que he preferido dejarla tranquila. Estaba leyendo un libro, ¿no?

—Le agradezco la discreción. Otra persona no hubiera tenido ese detalle —le dijo ella sin hacer caso de su nueva pregunta—. Y ahora perdóneme un momento. Tengo que ir al servicio.

—La esperaré aquí. Si no ven a nadie fuera, son capaces de marcharse sin usted.

Cuando volvió, la mayor parte de los viajeros estaba dentro del autobús, pero todavía había fila para entrar.

—¡Qué rapidez la suya! No ha tardado nada. Se nota que está usted sana —le dijo la mujer corpulenta.

—Tampoco he ido tan lejos —le respondió sonriendo. Luego se colocó detrás de la mujer y abrió la revista de modas.

«Cuatro fórmulas para reforzar tu confianza sexual —leyó—. Primera fórmula, arriesgarte. Sentirte sexy con algo nuevo es como zambullirte en el agua, afirma el doctor Valle. En ambos casos tienes que dar el salto. Si tu miedo te parece insalvable, enfréntate a él poco a poco. Fue así como se solucionó el caso de una mujer que tenía problemas con el sexo oral. Empezó con pequeños besos, y al final resultó un paso totalmente natural.»

—¿No ha guardado el billete?

La nueva azafata, una joven rubia, se dirigía a la mujer corpulenta.

—Supongo que sí, pero no sé dónde —contestó la mujer. Parecía aturdida.

—Su asiento está al lado del mío. Es el número treinta y uno —le dijo ella a la azafata mostrándole su billete.

—Está bien —respondió la azafata. No parecía tan severa como la anterior.

—Muchas gracias —dijo la mujer corpulenta. Luego le miró a ella—. A usted también. Muchas gracias por la ayuda. ¿Va a seguir en la salita de fumadores?

—Me gusta mucho fumar. Ya sabe lo que son los vicios.

La mujer corpulenta sonrió comprensivamente, y desapareció en la escalerilla del autobús.

—¿Me puede llevar un café cuando nos pongamos en marcha? —le dijo a la azafata.

—Claro que sí. Se va a quedar abajo, ¿verdad?

Asintió con la cabeza y se sentó en el mismo sitio que antes. Puso la revista sobre la mesa y siguió leyendo.

«Tus fantasías han de ser positivas, afirma el doctor Valle. Dicho de otra manera, si sueñas con Harrison Ford no imagines que él examina con ojos críticos tus muslos. No te sientas culpable. Las mujeres solemos caer en esa trampa. Si te excitas pensando en un actor, no pienses que estás engañando a tu marido. Si quieres sentirte mejor recuerda que él puede estar fantaseando con Sharon Stone.»

Miró el reloj y luego al exterior. Eran las siete de la tarde y el sol comenzaba a acercarse al horizonte. Las nubes en forma de nave espacial tenían manchas doradas en su parte inferior. Todo lo demás era azul. Azul pálido o azul oscuro.

«Hazlo por teléfono. Las llamadas eróticas de una oficina a otra pueden ser tremendamente excitantes. Siempre y cuando el jefe no esté a la escucha, lógicamente.»

—¡En marcha! —exclamó el conductor encendiendo el motor. También él parecía más agradable que el anterior.

El autobús atravesó el aparcamiento de camiones y

se dirigió hacia la autopista con ímpetu, impaciente por coger velocidad. Sin levantar los ojos de la revista, sacó un cigarrillo y se lo llevó a los labios.

—Fuma demasiado. Cada vez que la veo está a punto de tomar una nueva ración de tabaco —le dijo alguien desde su costado. Antes de que tuviera tiempo de reaccionar, una cerilla ardía a unos veinte centímetros de su cara.

Era el hombre de traje marrón y corbata roja, el mismo que la había abordado en la estación de tren de Barcelona. Ella dejó el cigarrillo sobre la mesa y se volvió hacia la ventanilla.

—Vamos progresando. La última vez me dio un manotazo —le dijo el hombre dejando la cerilla en el cenicero y sentándose frente a ella. Sonrió ampliamente y le tendió la mano—. Me llamo Enrique. ¿Y usted?

Se quedó callada, mirando al coche rojo que justo en aquel instante adelantaba al autobús.

El ánimo de quien ha estado preso
retorna siempre a prisión.
En la calle se cruza con jueces, fiscales y abogados,
y los policías, aun sin reconocerlo,
le miran más que a cualquier otro
porque su paso no es sosegado o bien
porque su paso es en extremo sosegado.
En su corazón habita,
de por vida, un condenado.

El autobús ya había alcanzado los ciento cuarenta o ciento cincuenta kilómetros por hora y se dirigía hacia las luces anaranjadas que, a ambos lados de la autopista, cerraban el horizonte. Sus ojos se fijaron primero en aquellas luces, y luego en el cielo. Las nubes en forma de nave espacial iban adquiriendo una tonalidad rosa y el sol parecía una moneda de latón. El resto era azul, pero un azul de vidriera, oscuro y luminoso a la vez.

—¿Quién le paga esas corbatas rojas? —le preguntó al hombre. Éste ya había retirado la mano, pero seguía sonriendo.

—Me las pago yo mismo, como es natural —respondió el hombre con tranquilidad. No la miraba a ella, sino a una de las revistas que estaban sobre la mesa—. «Estefanía de Mónaco cumplió 30 años» —leyó en voz alta—. ¡Cómo pasa el tiempo! ¡No creía que fuera tan mayor! De todas formas —su sonrisa se hizo más abierta al levantar los ojos y mirar hacia ella—, se mantiene muy bien. Quizá porque practica la halterofilia.

—Da igual que os pongáis corbata roja. No podéis disimular el olor —interrumpió ella. Cogió la chocolatina Crunch que había dejado sobre la mesa y le quitó el envoltorio.

—¿Qué quieres decir? ¿Que soy policía? —dijo el hombre aceptando el tuteo y poniéndose serio.

La nueva azafata del autobús se acercó a ellos con una bandeja.

—Perdonen. Ha sido usted la que me ha pedido el café, ¿no es así?

—Sí, he sido yo. Gracias —dijo ella. Cogió el vaso de la bandeja y lo colocó en la mesa.

—¿Me puede traer otro a mí? Solo y sin azúcar —pidió el hombre sonriendo de nuevo. Podía abrir o cerrar la sonrisa con la precisión con que un buen acordeonista maneja el fuelle.

Las luces anaranjadas que flanqueaban la autopista se distinguían ya con nitidez. Iluminaban una extensa zona industrial, y algunas de ellas, las más brillantes, señalaban la boca de las chimeneas de una fábrica. Un poco más adelante, las luces de Zaragoza enrojecían una porción de cielo en la que, desde el autobús, sólo se veía una estrella. La estrella de la tarde, Venus.

Estrella de la tarde, Venus, tú traes todo
lo que dispersa la esplendorosa Aurora;
traes la oveja, traes la cabra,
traes junto a su madre al zagal.

La azafata volvió con el segundo café. El hombre le dio las gracias y le preguntó cuánto le debía por todo.

—No quiero que me invites —dijo ella metiendo la mano en el bolsillo de la chaqueta—. Por favor, cóbreme el mío —añadió dirigiéndose a la azafata.

—¿Qué hago? —dudó la azafata.

—¡Que pague ella! —chilló un viajero que acababa de bajar por la escalera en un tono que pretendía ser de broma. Era el viajero con aspecto de boxeador que había estado hablando con la otra azafata.

—De acuerdo —consintió el hombre de la corbata roja, dejando su moneda junto a la que había dejado ella. Luego tomó un sorbo de café y repitió en voz baja la pregunta que había hecho momentos antes—: Entonces, ¿qué piensas?, ¿que soy policía?

—Exactamente. Eso es lo que pienso —respondió ella. Bebió un poco de café y luego dio un mordisco a la chocolatina.

—Te parecerá raro lo que voy a decir, pero te lo diré igual. Estoy aquí para ayudarte. Como amigo.

Pareció que iba a seguir hablando, pero se calló. Al otro lado de la ventanilla, las luces de Zaragoza —las de las casas, las de las antenas— formaban aquí una muralla, allí un bosque, más allá una mancha amarilla. El autobús se deslizaba transmitiendo una sensación de ingravidez, como si volara.

—Puedes decir lo que quieras. Estoy segura de que eres policía. Y quizá no seas el único que va en este autobús —dijo ella lanzando una mirada al hombre con aspecto de boxeador. Hablaba con indiferencia, como si no tuviera otra preocupación que la de no mancharse los dedos con la chocolatina.

La pantalla del vídeo se llenó de barras de colores. La segunda película del viaje estaba a punto de empezar. Detrás de la pantalla, a la derecha de la cabina del conductor, un reloj digital señalaba las siete y doce. La oscuridad se iba adueñando del interior del autobús.

—Déjame acabar, por favor —rogó el hombre de la corbata roja, sujetando el vaso de café con las dos manos—. Te he dicho que vengo como amigo, y para demostrarlo te voy a confesar la verdad. Efectivamente, soy policía. O mejor dicho, no soy un policía, sino un colaborador. Como sabes, la organización a la que tú pertenecías hasta hace poco, está en guerra con el Estado, y en esa guerra participa gente a muchos niveles. ¿Qué? ¿Te interesa el tema?

Al otro lado de la ventanilla, Zaragoza se mostraba como una ciudad dividida en dos. Una de ellas era vulgar, una mera acumulación de edificios y luces; la otra, con cúpulas y torres que parecían dibujadas a tinta china en el último azul del cielo, tenía un aire oriental que a ella, fugazmente, le hizo soñar con un viaje a tierras lejanas. Cuando pudiera. Cuando se librara de los que la acosaban.

La película del vídeo estaba empezando. La pantalla mostraba un desfile militar. El público que lo presenciaba tenía aspecto latinoamericano.

—¿Qué? ¿No me merezco una respuesta? Te he hablado con toda franqueza —dijo el hombre.

—Acaba tu café y quítate de mi vista. Si no, me iré yo —respondió ella, estrujando el envoltorio de la chocolatina y metiéndolo en el vaso de plástico del café.

—De acuerdo. Lo de hoy no es sino un primer contacto, y no voy a insistir. De todas formas, me gustaría decirte algo, como amigo, como un amigo de verdad. Los tiempos han cambiado mucho, Irene.

Sintió un escalofrío en la espalda y se volvió bruscamente hacia la ventanilla.

Good night Irene, Irene good night
Good night Irene, Good night Irene
I'll keep you in my dreams.*

Conocía la canción por una cinta que Margarita y Antonia le habían regalado por su cumpleaños, y tenía copiada la letra en uno de sus cuadernos, o quizás en varios. A ella le gustaba, le gustaba mucho oír su nombre en aquella canción antes de dormirse, y le gustaba todavía más cómo la pronunciaba el cantante, «gud nait Airrin, Airrin gud nait», porque aquello la sacaba de su realidad cotidiana y la llevaba a otros lugares, unas veces a Texas o a Montana, otras a las calles de su niñez o a regiones desconocidas que era incapaz de definir. Pero, de pronto, en aquel autobús, su nombre salía de la boca de un policía.

Margarita tenía razón, pensó. Los perdedores lo perdían todo. Ni siquiera podían proteger su nombre.

* *Buenas noches, Irene / Irene, buenas noches (bis) / Te llevaré en mis sueños.*

—Te has puesto triste —observó el hombre de la corbata roja—. ¿En qué piensas?

—En mi nombre —dijo ella. Cogió el cigarrillo que había dejado sobre la mesa y lo encendió con su mechero.

—Es un nombre muy bonito. A mí me gusta. Te lo digo de verdad, Irene.

—Normalmente, a mí también.

En la pantalla del vídeo tres chicos detenían un taxi a punta de pistola y uno de ellos, extremadamente delgado, obligaba al conductor a que se tumbara en la parte de atrás del vehículo. En la siguiente escena se repetían las imágenes del principio, las del desfile militar, pero mostrando de cerca a las autoridades militares y civiles que lo presidían. Todos ellos —los militares, los civiles y los chicos que habían secuestrado el taxi— tenían un aspecto canallesco.

—No te asustes, Irene. Ya te he dicho que vengo como amigo. Puedes fiarte de mí. Yo no te dejaré tirada como tus antiguos compañeros.

El hombre la miraba por encima del vaso de plástico. Sus ojos eran hermosos, de color gris.

—¿Te vas a ir o no? —le dijo ella metiendo en la maleta los libros que seguían en la mesa.

—Me iré en cuanto termine el café, no te preocupes por eso —concedió el hombre con un suspiro—. Pero, de verdad, Irene, no te portes como una adolescente. He estado examinando tu caso y sé que tienes problemas. No sabes enfrentarte a la realidad. Te cuesta aceptar la realidad, la vulgar y aburrida realidad, y eso por una parte está bien, yo mismo tuve ese sentimiento durante muchos años, incluso llegué a militar en un grupo maoísta, pero a partir de cierta edad una persona no puede comportarse así, no sé cómo decírtelo.

Está bien ser infantil de niño, y también es comprensible que alguien sea un tonto útil a los veinte o veintidós, pero con treinta y cuatro...

—Has dedicado un par de horas a estudiar mi ficha, pero algunos datos se te han olvidado. Tengo treinta y siete años —le interrumpió ella apagando el cigarrillo. No tenía ganas de fumar.

—Pareces más joven, de verdad —dijo el hombre de la corbata roja abriendo la sonrisa y cerrándola inmediatamente.

—No está bien entrometerse en la vida de los demás sin permiso —dijo ella con un gesto de desprecio—. De verdad, hace falta ser un cerdo para dedicarse a eso.

—Tienes razón, en nuestro oficio hay cosas que son terribles —respondió él adoptando un tono melancólico—. Es la vieja discusión, ¿no? ¿Justifica un buen fin todos los medios? Sinceramente, no lo sé. Por una parte...

—Tu filosofía no me interesa en absoluto —le corto ella poniéndose los auriculares.

—Mi hijo no era terrorista, sino un buen estudiante universitario. Le tendieron una trampa, estoy convencido de ello —afirmaba en la pantalla un hombre que parecía abatido y que vestía una guayabera. Se dirigía a una mujer muy bella, y en la mesita de mimbre situada entre ambos había un periódico con la foto de dos cadáveres arrojados en una cuneta. «Dos terroristas muertos y un tercero gravemente herido», decía el titular.

Apartó los ojos de la pantalla y miró hacia los campos cercanos a la autopista. Aquí y allá, como nacidos por milagro de una tierra reseca, aparecían árboles en flor, en grupos de veinte, o formando hileras de cinco, o de dos en dos, o en solitario, en los lugares más caprichosos. Tomada la escena en su conjunto —fue una idea que le sobrevino después de que el autobús recorriera varios kilómetros más— lo que se veía al otro lado del cristal parecía una emigración de árboles, un éxodo, la larga marcha de los árboles hacia su destino. Parecían viajar hacia el oeste, hacia la parte donde el cielo seguía estando azul. ¿Los guiaría una estrella? ¿Los guiaría Venus? Pero no, no había guía, no había posibilidad de huir. Los árboles no podían moverse.

—Se lo prometo. Haré todo lo posible para esclarecer lo que pasó con su hijo —le decía la periodista de la pantalla al hombre de la guayabera—. Pero primero me gustaría que les echara un vistazo a estas fotografías que he encontrado en los archivos del periódico. ¿Los conoce?

El hombre de la guayabera miró las fotografías con atención.

—A éste le conozco muy bien —dijo luego señalando una de las fotografías—. Es uno de los compañeros de estudios de mi hijo. Pero a este otro, no. Nunca lo he visto. ¿Quién es?

—Pues mire, es el único que salió vivo de ese supuesto enfrentamiento con la policía.

—Su periódico dice que está gravemente herido.

—Pero yo no me lo acabo de creer. El director anda algo inquieto a cuenta de este asunto, y se ha limitado a aceptar la versión oficial. Si se hubiera analizado...

La frase de la periodista de la pantalla se interrumpió. El hombre de la corbata roja le acababa de quitar los auriculares y los sostenía en una mano mientras con la otra —la palma abierta hacia ella en señal de stop— le pedía que no se enfadara.

—Perdona, Irene, pero me tienes que escuchar. Te lo digo de verdad. Podemos ser amigos.

—No lo creo —dijo ella quitándole los auriculares de la mano. La violencia del gesto atrajo la mirada de la azafata y el viajero con aspecto de boxeador.

—Comprendo que estés enfadada conmigo, Irene. En otras circunstancias me hubiera comportado con más cortesía, procurando no alarmarte. Pero, por favor, concédeme unos minutos. Sólo el tiempo que te lleve fumar otro cigarro. No puedo volver a mi asiento sin haberte dicho lo que he venido a decir. ¿Me concedes ese tiempo? Sólo hasta que te fumes un cigarrillo.

Los ojos grises del hombre la miraban fijamente. Ella cogió el paquete de Lark y sacó el cigarrillo.

—De acuerdo. Si cumples tu palabra, será un buen trato —concedió, encendiéndolo.

Se sentía cansada, cansada y preocupada por algo que sentía en su interior y que era como una herida. No estaba actuando bien, el policía le estaba ganando la partida.

—¿Puedo coger uno? —le dijo el hombre señalando el paquete de tabaco—. Nunca he probado esta marca.

No, la policía no necesitaba una gran teoría acerca del alma ni un análisis profundo de los motivos que llevan a la gente a actuar de determinada manera. Le bastaba con saber tres o cuatro cosas, cosas tan evidentes como que una persona que ha pasado cuatro años entre las cuatro paredes de una cárcel sale al mundo debilitada y con una gran necesidad de afecto, dispuesta a aceptar cualquier señal de amor, incluso la más miserable y oscura. Era precisamente lo que le estaba sucediendo a ella: en contra de lo que le ordenaba su mente, seguía allí sentada escuchando al policía de la corbata roja, o mejor, al policía de los ojos grises; un hombre que, debía reconocerlo, le parecía muy guapo. En ese sentido, estaba reaccionando a la señal, y el mensaje —como el veneno en las vísceras— se iba introduciendo en su alma.

—Mira, Irene, voy a plantearte las cosas en toda su crudeza. Como amigo, pero en toda su crudeza —le dijo el hombre dejando el cigarrillo en el cenicero de la mesa e inclinándose hacia ella. Su tono hubiera requerido una intimidad mayor, más penumbra que la que había en aquel momento en el autobús—. Tu situación es muy mala, Irene. Por un lado, no tienes trabajo. Por otro, te has quedado fuera de la organización al desviarte de la línea marcada por la dirección y solicitar tu salida de la cárcel. Por último, Irene, cómo te lo diría... todavía eres una mujer bonita y sigues pareciendo joven, pero ya tienes unos añitos, hace un rato me has dicho que has cumplido los treinta y siete, y los hombres de ahora, bueno, ya sabes la moda de ahora, los hombres prefieren a las jovencitas, a las adolescentes, y por desgracia o por fortuna las consiguen; en estos tiempos no es muy difícil llevarse una adolescente a la cama...

—¿No? —le interrumpió ella llevándose el cigarrillo a los labios.

—No, Irene, no es difícil, tienes que aceptar la realidad. Por muy triste que sea, tienes que aceptarla.

Ella le sonrió abiertamente. El esfuerzo que el hombre de la corbata roja estaba haciendo para convencerla le acababa de poner en evidencia. No era el mundano que aparentaba. Como muchos policías, nacidos en aldeas remotas y con una educación que casi siempre comenzaba en los seminarios, la formación católica pesaba mucho en su personalidad. Todos tenían una Virgen María en alguno de los agujeros de su alma.

—No tengo ningún problema con la realidad. Cada cual se relaciona con quien quiere. Al fin y al cabo, es lo que hizo tu madre.

Por primera vez desde el inicio de la conversación había encontrado un punto débil. El hombre de la corbata roja titubeaba. No sabía por dónde seguir.

—Es verdad —admitió al fin, cogiendo el cigarrillo que se estaba consumiendo en el cenicero de la mesa—. En estos tiempos la libertad sexual es enorme, pero...

Dejó la frase en suspenso y acercó su cara hacia la de ella a la vez que abría su sonrisa maliciosamente. ¿Estaría al corriente de la experiencia sexual que había tenido la víspera? Si la habían seguido desde su salida de la cárcel, la respuesta era que sí.

—... pero esa libertad —continuó el hombre bajando la voz hasta el susurro— sólo se da en una dirección, Irene. Verás muchos hombres mayores con jovencitas de dieciocho años, pero no verás ninguna mujer de cierta edad con chicos de dieciocho años. Las cosas son así, Irene.

—Porque tú las quieres ver así.

—Tu situación es mala, Irene —dijo el hombre sin hacer caso del comentario. No quería seguir por aquel camino—. En tu caso, la soledad es un verdadero riesgo. Y ya me dirás qué vas a hacer, con problemas de trabajo, con problemas sentimentales, sin poder volver a tus lugares de siempre, a tu ambiente político... Tú verás, claro, pero a mí me parece que de esa manera no se puede vivir, que no se puede llevar una vida que merezca ese nombre; algo que a ti, y perdona que sea tan directo, te interesa muchísimo después de todos los años que has perdido. Yo creo que te hacen falta amigos nuevos, y por qué no, yo mismo podría ser uno de ellos. No te puedo garantizar la solución de todos tus problemas, pero...

Ella apartó la vista de los ojos grises y se puso a mirar hacia la pantalla del vídeo. La película mostraba las imágenes de una pelea de perros. La periodista que parecía ser la protagonista hacía preguntas a la gente que presenciaba el espectáculo enseñándoles la foto que llevaba en la mano. En la siguiente secuencia, un joven muy flaco con aspecto de canalla espiaba a la mujer.

—Ése es el que delató a los otros dos. Era el traidor del grupo, y lo de sus heridas era un cuento —dijo el hombre después de girar la cabeza hacia la pantalla—. Vi la película en un bar.

—Yo no la he visto. Por eso quiero verla ahora —dijo ella, cogiendo los auriculares. Estaba a punto de acabar el cigarrillo.

—Pensándolo bien, te conviene verla. Al fin y al cabo, tú también eres una traidora.

Durante un instante, se quedó sin habla.

—Sois pura basura —dijo luego echando el cuerpo hacia atrás.

—Perdona, Irene. No quería decir eso —dijo el hombre. Como por acto reflejo, tendió su mano hacia ella.

—He terminado el cigarrillo. Vete, por favor.

Aplastó el cigarrillo contra el cenicero; con tanta fuerza que los granos de carbón del filtro le mancharon los dedos.

—Límpiate con esto —le dijo el hombre ofreciéndole una servilleta de papel.

—¿No vas a cumplir lo prometido?

Se sentía sin fuerzas, como si la palabra que momentos antes había salido de la boca de su interlocutor, la sucia y maldita palabra, la hubiera dejado sin aire.

—No, no voy a hacerlo. Ahora no puedo. Sería un error —dijo el hombre hablando con vehemencia. En el fondo de sus ojos grises surgió un brillo metálico—.

Para mí, tú no eres una traidora. En absoluto. Son tus antiguos admiradores los que piensan así, los muchísimos admiradores que tenías antes, porque un admirador no perdona que su ídolo cambie. ¿Cuántos fans tendría ahora Elvis Presley si estuviera vivo y fuera un hombre formal y casero? Pues muy pocos, Irene, muy pocos. Pero como se convirtió en un monstruo y murió muy joven, sus admiradores van por miles a visitar su tumba. Y en vuestro caso ocurre lo mismo. Porque, en definitiva, perdona mi franqueza, Irene, lo vuestro es una especie de fenómeno juvenil, no un movimiento político serio...

—¡Por favor! ¡Calla de una vez! ¡Me das dolor de cabeza! —le interrumpió ella sujetándose la cabeza con las dos manos.

—Entonces, te lo explicaré brevemente. Quiero entablar una relación contigo. Como persona y como policía. Quiero que conozcas nuestro punto de vista, sólo eso. Si luego no nos ponemos de acuerdo, pues muy bien, aquí no ha pasado nada. Pero, Irene, ten en cuenta...

—¡Déjame en paz, por favor!

Volvió a sujetarse la cabeza. Sintió una punzada en la sien.

—Te hablaré con tranquilidad, pero no voy a callar. Estás en una mala situación , Irene, y yo puedo ayudarte...

Tampoco esta vez pudo acabar la frase. Un grito se lo impidió:

—¡Por Dios! ¡No lo puedo soportar más!

Todos los que estaban en la plataforma miraron con asombro a la religiosa de los ojos verdes. Se había levantado de su asiento y parecía muy irritada.

—¿Se puede saber qué clase de policía es usted? ¡No dejo de asombrarme con lo que oyen mis oídos!

¿Por qué no deja en paz a esta joven! ¿Qué derecho tiene usted a molestarla?

Se había colocado junto al hombre de la corbata roja, pero seguía gritando con la misma fuerza.

—¡Déjeme en paz! ¡Nadie le ha pedido su opinión! —dijo el hombre. Parecía avergonzado y miraba hacia la azafata y el viajero con aspecto de boxeador.

—¡A mí no me tuerza el gesto, señor! ¡Y míreme a la cara!

—¡Se arrepentirá!

—¡Usted sí que se va a arrepentir!

—No me diga —dijo el hombre con chulería. Pero estaba acobardado.

La otra religiosa, que seguía en su asiento, se volvió de repente con el rostro crispado.

—¡Su hermano es general! General, ¿me oye? ¡Un gran general del ejército! —chilló con su voz de anciana.

—¡Me importa una mierda! —dijo el hombre volviendo a mirar hacia la azafata y el viajero con aspecto de boxeador. Pero ninguno de los dos hizo ademán de intervenir en la discusión.

—Usted es tonto, y no sabe ni lo que dice —siguió la religiosa de los ojos verdes—. Pero ahora pórtese como un cristiano y deje a esta mujer en paz. En cuanto a usted, Irene, y perdone que le hable con esta confianza, ¿por qué no vuelve a su asiento de arriba? Estará mejor allí. Este hombre no tiene honor. Es una serpiente.

—Voy a seguir su consejo —dijo ella. Se levantó del asiento y se puso a guardar todo lo que tenía sobre la mesa en la maleta. De pronto, se echó a reír. Aquella situación era un chiste. Que una persona como ella saliera de un apuro gracias a la colaboración de dos religiosas, de dos miembros de la iglesia española, resultaba absurdo. Sólo que, al menos por aquella vez, el absurdo la favorecía.

—Estará mejor arriba —le dijo la religiosa de los ojos verdes cuando ella metió el último libro en la maleta y salió de la salita. El hombre de la corbata roja estaba con los brazos cruzados y miraba fijamente a un punto de la tapicería del autobús.

—Salude a su hermano general de mi parte.

—Lo haré.

Se sentía ligera. La impresión que había tenido unos momentos antes —que el veneno se introducía en su alma, que estaba cediendo terreno ante aquel policía— se había disuelto por completo. La intervención de la religiosa había roto el encantamiento, y ya no escuchaba los susurros de la serpiente.

Pasó por delante de la azafata y el viajero con aspecto de boxeador y empezó a subir por la escalerilla, lentamente, procurando que el balanceo del autobús no la desequilibrara. Iba a poner el pie en el quinto escalón cuando sintió la presencia de alguien que venía detrás de ella.

—¡Puta asquerosa! ¡Espera y verás! —dijo una voz de perro junto a su nuca.

Saltó, por puro reflejo, al siguiente escalón y alcanzó el pasillo de la plataforma de arriba antes de comprender lo que acababa de ocurrir. Pero no tardó mucho en hacerlo. No había sido la voz del policía de la corbata roja, no había sido él quien la había amenazado. Había sido el otro, el viajero con aspecto de boxeador. Titubeó unos instantes, como si no se acordara bien de lo que tenía que hacer, pero al final siguió adelante y empezó a buscar su asiento. ¿Era el número treinta y dos? Metió la mano en el bolsillo de su chaqueta y sacó el billete. Sí, era el número treinta y dos. Se encontraba allí mismo, al lado de la escalera.

La plataforma estaba en penumbra, y parecía una sala de cine. La mayoría de los viajeros seguía la película de vídeo.

—Me he cansado de estar abajo —le dijo a la mujer corpulenta a modo de saludo. No obtuvo respuesta. A pesar de sus ojos entreabiertos y de la postura de su cabeza, erguida y en dirección a una de las pantallas, estaba completamente dormida. Dejó la maleta arrimada al asiento y se sentó con cuidado para no despertarla. No se sentía capaz de hablar con nadie.

«¡Puta asquerosa!», oyó enseguida, en cuanto cerró los ojos. Pero esta vez era la memoria la que se lo decía. Algo se desplomó en su interior, y su cabeza se llenó de preguntas, recuerdos, trozos de poemas; preguntas, recuerdos y trozos de poemas que eran como motas de polvo, como cuerpos extraños volando por el aire. ¿No había salida? ¿No podía durar la alegría? ¿No había descanso? ¿No tenía la cadena un eslabón final? Después de la muerte de Larrea, ¿nada podía tener arreglo? Una vez más, ¿tenía razón el poema?

Te pusiste a mirar al cielo, y dijiste:
Si tuviera alas, también yo me esforzaría
en busca de nuevas tierras, también yo levantaría
mi campamento en una costa llena de banderas
    amarillas;
para que así el tiempo trabaje mejor, para
    olvidarme antes
de las murallas y la gente de esta ciudad.

«Si tuviera», «me esforzaría», «levantaría», las formas hipotéticas del verbo. El maquillaje con que el lenguaje disimulaba las cosas imposibles. No, no había salida, no podría refugiarse en ningún sitio.

Apartó la cabeza del respaldo del asiento y miró por el cristal de la ventanilla. Allí fuera, el cielo estaba azul oscuro, casi negro; sin embargo, en el sitio donde se acababa de poner el sol había una abertura de color verde que parecía un mar y en la que las nubes formaban islas amarillas, puertos rojos, barcos de color blanco. Se acordó de la canción que solían cantar en el colegio después de las excursiones a la costa:

> *Ixil ixilik dago kaian barrenean*
> *ontzi txuri polit bat uraren gainean.*
> *Eta zergatik, zergatik, zergatik*
> *Zergatik negar egin,*
> *zeruan izarra dago itsaso aldetik.**

En el mar verde que veía desde la ventanilla figuraba también una estrella, Venus, la que recogía todo lo que se había dispersado durante el día y lo devolvía a casa. Le habría gustado que la estrella hiciera el mismo trabajo con ella, que recogiera los fragmentos de su vida, esparcidos aquí y allá, para luego colocarlos ordenadamente en su interior, como ropa en las baldas de un armario. Pero ninguna estrella era capaz de ese logro.

La mujer corpulenta emitió un ronquido. Al mirarla con más atención, se dio cuenta de que llevaba peluca; ligeramente desplazada, dejaba a la vista una parte del lateral de la cabeza, completamente desprovista de pelo.

Como si hubiera notado que la observaban, la mujer corpulenta cambió de postura.

---

* *El bonito barco blanco está dentro del puerto. / El bonito barco blanco está sobre el agua. / No quiero, no quiero llorar. / Hay una estrella en el cielo por la parte del mar.*

—¡Puta asquerosa! —oyó otra vez. Quería olvidar el incidente de la escalerilla, pero no podía.

Había unos auriculares en el regazo de la mujer corpulenta. Los cogió y se los puso en los oídos. La pantalla que correspondía a su zona le quedaba cerca, y podía ver las imágenes con comodidad.

—¿Por qué se mete usted en líos? —le decía el director del periódico a la hermosa periodista que investigaba la muerte de los estudiantes. El director llevaba tirantes y estaba sudoroso. La mujer vestía un traje blanco muy elegante.

—¿Y usted? ¿Por qué se mete usted en líos? —respondió la periodista en tono agresivo.

—No le entiendo, Miryam.

—Pues está muy claro, Jack. Ha procurado desorientarme siempre que le ha sido posible, y eso significa que usted también está implicado.

—¿Cómo puede decirme eso, Miryam? Conoce de sobra cuál ha sido siempre mi postura. ¡He luchado por una democracia decente para Puerto Rico! Y sigo luchando por ello.

—¿Sí? ¿De qué manera? ¿Tendiendo una trampa mortal a dos universitarios?

—¡Miryam! ¡Por favor! ¡Mida sus palabras!

La hermosa periodista abrió su bolso y sacó una fotografía.

—Mire esto, Jack —le dijo al director, mostrándosela—. Mire qué grupo tan curioso. Este de la izquierda es Cisneros, el político más antinacionalista de Puerto Rico. Y este otro, el de la segunda fila, es Taylor, el miembro del FBI enviado por Washington el año pasado.

—Por favor, Miryam, no sea tan suspicaz. Probablemente coincidieron en alguna cena oficial.

—Así es, Jack. Fue en una cena oficial. La que organizó nuestro periódico hace un mes.

—Eso no tiene nada que ver.

—Ya lo creo que tiene que ver. Mire quién está aquí vestido de camarero. ¿No lo reconoce? ¿No reconoce a ese chico tan delgadito? Se encontraba bastante lejos del fotógrafo, pero aún así no hay duda.

—¿Quién es? Yo no conozco a ese tipo.

—Es el tercero, Jack, el tercer miembro del grupo que supuestamente quería desbaratar el desfile militar. Es el traidor, Jack, el que delató a los otros dos.

—No era un traidor, sino un infiltrado que trabajaba para la policía —puntualizó ella quitándose los auriculares y dirigiéndose a la pantalla casi en voz alta. Luego cerró los ojos y suspiró. ¿Cuántas veces iba a toparse con aquella palabra? ¿Cuántas veces iban a hablarle de traición antes de que terminara el día? Sí, Margarita tenía razón. Los problemas, sobre todo si eran graves, actuaban como imanes malignos y atraían todo tipo de partículas dolorosas:

«¿Que un hombre te ha abandonado? Pues pones la radio y todas las canciones hablan de amores perdidos, y de lo triste que es perder un amor. ¿Que te tienen que operar de algo? Pues abres el periódico y el primer reportaje que ves trata de los peligros de la anestesia. Realmente, es una mierda.»

Ella no se sentía inferior a nadie, más bien al contrario. Se veía a sí misma, y así se lo había contado a Antonia y a Margarita en alguna de sus reuniones, como una persona que había tomado decisiones, unas nueve o diez grandes decisiones en un plazo de veinte años de vida, y ese historial, independientemente de los errores y los aciertos, era a su entender un grado, porque era lo contrario de lo que hacían los mediocres, dejarse llevar, no decidir, navegar a favor de la corriente, de cualquier corriente, de la más cercana. Sin embargo, palabras como «traición» la acobardaban y le hacían dudar. No por lo que pudiera haber de cierto en ellas —en ese sentido estaba tranquila—, sino porque eran palabras íntimamente grasientas, que manchaban siempre, incluso cuando salían de los labios baratos de un canalla o de una mano estúpida. El policía de la corbata roja la había llamado «traidora». Otros muchos harían lo mismo. En los muros de Bilbao, algún adolescente pondría la acusación por escrito.

Se acordó de una carta que meses antes había leído en la prensa. En ella, un militante que había optado por su misma vía pedía respeto y aireaba su historial ante quienes despreciaban su actuación, su «arrepentimiento», enumerando todo lo que había sufrido por luchar en favor de la idea. ¿Una carta escrita en vano? Ella pensaba que sí. Individualmente, de una en una, las personas no eran malas. Pero en grupo, al amparo del anonimato, la gente se volvía monstruosa. ¿Se podía esperar compasión de un monstruo? Sólo en los cuentos. En los cuentos infantiles.

Volvió a suspirar. No quería seguir pensando en aquel tema, no hasta que hubiera pasado un tiempo. Además, ya tenía bastante con los dos policías que viajaban en el autobús. ¿La abordarían de nuevo? ¿Darían la ocasión por perdida? Pero no debía pensar en ello. Era mejor entretenerse con la película.

En la pantalla, el infiltrado que había empujado a la muerte a los dos universitarios sonreía a la periodista.

—Eres muy hermosa y quisiera ser tu amigo. Soy más dulce de lo que parezco —dijo.

—Quiero saber para quién trabajas. Exactamente para quién —le respondió la periodista muy seria.

De pronto recordó que había más canales, aparte del conectado con el vídeo, y movió la ruedecilla del brazo de su asiento. El diálogo entre el infiltrado y la periodista quedó interrumpido y una música de flauta ocupó su lugar. No era una flauta común, sonaba en realidad como un armónium, con parecida gravedad. El intérprete —ella lo visualizó como un pastor que estuviera tocando en una nueva Arcadia— alargaba cada nota, y la melodía iba y venía, como formando olas, cada vez más lentas, cada vez más profundas.

Miró a la mujer corpulenta. Seguía en la misma postura, con la cabeza erguida y la boca entreabierta.

«¿Estará muerta?», pensó. Justo en aquel instante, la mujer balbuceó algo y se movió en su asiento.

Volvía a sentirse cansada. La tensión que había soportado con los dos policías la había dejado sin fuerzas. ¿O era la flauta? Tenía la impresión de que el sonido que le llegaba por los auriculares la iba vaciando poco a poco.

Miró hacia fuera. Al otro lado de la ventanilla, todo estaba a oscuras, y sólo se distinguía la luz de los coches que venían en dirección contraria y lo que ella iluminaba. Entrecerró los ojos para ver mejor, pero siguió sin distinguir nada. ¿Y Venus? ¿Seguía en el cielo? Quiso levantar los ojos, pero no pudo. Los párpados le pesaban. Poco después se quedó dormida y empezó a soñar.

SEGUNDO SUEÑO

Nada más dormirse, una sensación de extrañeza se apoderó de ella. Se vio a sí misma bajo un cielo completamente azul y en un lugar desconocido que en nada se parecía al autobús. Y no era únicamente lo que veían sus ojos, estaban también los ruidos y los olores; el canto de los pájaros, la llamada de los cencerros, la fragancia del tomillo y del romero.

«¿Qué lugar es éste?», pensó, y el esfuerzo por encontrar una respuesta estuvo a punto de despertarla. Pero lo que veía, olía y escuchaba era muy agradable y decidió, justo en el último momento, cuando estaba a punto de abrir los ojos, seguir adelante y sumergirse en aquella nueva realidad.

Examinó lo que había bajo el cielo azul. Vio ovejas, corderos y una cabaña.

«Claro, por eso oía cencerros», pensó. Luego alargó la mano hacia uno de los corderos que estaba cerca y lo atrajo hacia su regazo. Tenía la cabeza negra y la cola de un color marrón claro, pero el resto de su cuerpo era completamente blanco. Olía muy bien.

De pronto reparó en Margarita. Estaba sentada a la puerta de la cabaña y tenía un libro en las manos. Junto a ella, tumbado sobre la hierba, había un perro enorme, un galgo.

—Te voy a leer un poema, Irene. Me parece que se ajusta perfectamente a tu nueva situación. Tienes todo el aspecto de una pastora —le dijo Margarita abriendo el libro.

¿Cómo podía ser aquello? ¿También Margarita había salido de la cárcel? En ese caso, ¿dónde se encontraban? ¿En Argentina? ¿En la Pampa? Levantó la cabeza y miró alrededor. Ante sus ojos apareció una pradera extensísima. Sí, cabía que estuvieran en plena Pampa.

Tuvo que interrumpir sus pensamientos. Margarita iba a empezar a leer.

> *¿Corderito, quién te hizo a ti?*
> *¿Conoces tú a quien te hizo?*
> *Te dio vida y te ofreció alimento*
> *junto al arroyo y por la pradera;*
> *te dio ropa que es un placer,*
> *la tela más suave, lanosa y brillante;*
> *te dio una voz tan tierna*
> *que es la alegría de todos los valles.*
> *¿Corderito, quién te hizo a ti?*
> *¿Conoces tú a quien te hizo?*

Se puso a acariciar al cordero. Sentía una gran tranquilidad, o algo que estaba más allá de la tranquilidad; sosiego, quietud, confianza, serenidad. A ratos, una corriente de aire le rozaba el pelo, pero sin producirle sensación de frío. ¿Era así la Pampa? ¿Una especie de Arcadia? Tal vez sí. Allí estaba el rebaño, allí el cielo azul, allí también, aunque no lo hubiera oído hasta entonces, el dulce sonido de la flauta. ¿Dónde estaría el pastor flautista? Buscó con la vista a aquel pastor, y examinó las orillas de una laguna próxima a la cabaña, las orillas y las sombras de los sauces que se inclinaban hacia el agua, pero no pudo ver a nadie.

Las ovejas comenzaron a alejarse hacia la laguna seguidas de cerca por los corderos. Con el sol arriba, el agua brillaba.

—¿Tú también quieres irte? —le preguntó al cordero que tenía en el regazo. El animal no se movió de su sitio.

—Has hecho bien en venir aquí —le dijo Margarita desde la puerta de la cabaña. También ella parecía más tranquila que en los días de la prisión—. En esta parte del mundo la vida es muy elemental. Bastan cinco o seis hilos para hacer el tejido. ¿Sabes por qué? Pues porque aquí no hay gente.

—¿No hay gente?

—Poquísima. El número de habitantes de toda la comarca no pasará de doscientos. Si ahora quisiéramos ir a casa de nuestro vecino más cercano, tendríamos que andar veinte minutos a caballo. En estas condiciones la vida es bastante fácil.

—Un desierto verde —comentó ella mirando a lo lejos.

—Éste es tu sitio, Irene —le dijo Margarita. Se levantó de la puerta de la cabaña, caminó hasta donde estaba ella y se tendió en la hierba—. Tal como estaban las cosas, no podías volver a tu tierra. ¿Por qué esforzarte en reconstruir tu vida en los lugares del pasado? Que lo hiciera Antonia, o que lo hicieran las prostitutas y las gitanas que estaban con nosotras, pues de acuerdo, me parece bien, porque todas tenían a donde ir, todas tenían alguien esperándolas. Pero ¿tú? ¿Qué podías esperar tú en Bilbao? Yo te lo diré,

Irene. En primer lugar, una pared de cemento con las palabras «chivata» y «traidora» escritas allí; en segundo lugar, el odio de tus antiguos amigos, y la mirada torva de todos ellos; en tercer lugar, la compasión de la gente con buena conciencia; en cuarto lugar, la insidiosa persecución de la policía, dispuesta a sacarte información de una y mil maneras; en quinto lugar, la indiferencia de esa familia tuya que apenas te visitó mientras estuviste en la cárcel. El infierno, Irene. Eso es lo único que hubieras encontrado en los lugares del pasado.

—Tienes razón —le dijo ella—. Además, mi mundo anterior no me interesa nada. Quiero decir que hay situaciones que aun siendo malas nos pueden parecer atractivas, pero no es el caso. Durante mi último año de cárcel era incapaz de leer la prensa o los boletines que me enviaban desde mi país. Me aburrían.

—No me extraña, Irene. Era una cosa que no comprendía, cómo siendo tan inquieta podías pertenecer a un mundo tan estancado como el de tus antiguos amigos.

El cordero se escapó de su regazo y echó a correr hacia la laguna. Por su parte, el galgo que se había quedado a la puerta de la cabaña se acercó y se tumbó al lado de Margarita. Tenía los mismos colores que el cordero, blanco, marrón y negro.

—Se llama Run Run —dijo Margarita. El perro sacudió la cola.

—¿Por qué Run Run? —preguntó ella. Esta vez el perro levantó la cabeza.

—¿No conoces la canción?

Ella negó con la cabeza.

—¿Quieres que te la cante?

—Muy bien.

—En otro tiempo la cantaba todos los días, y no una vez, sino muchas. Pero ahora, no sé, quizá no la recuerde entera.

Mientras Margarita se concentraba, ella pasó la mano por la cabeza y el lomo del perro. El momento le parecía delicioso. Era lo mismo que cuando se reunían en el Sancta·Sanctórum de la cárcel, pero con el perro, los corderos, el cielo azul y todo lo demás. Cruzó los brazos y se quedó a la espera de la canción. Alguien que ella no podía ver se puso a tocar la guitarra para acompañar a Margarita.

> *En un carro de olvido*
> *antes de aclarar*
> *de una estación del tiempo,*
> *decidido a rodar,*
> *Run Run se fue pa'l Norte,*
> *no sé cuándo vendrá.*
> *Vendrá para el cumpleaños*
> *de nuestra soledad.*
>
> *A los tres días, carta*
> *con letra de coral*
> *me dice que su viaje*
> *se alarga más y más,*
> *que si esto y lo otro,*
> *que nunca que además,*
> *que la vida es mentira,*
> *que la muerte es verdad,*
> *ay, ay, ay de mí.*
>
> *Run Run mandó su carta*
> *por mandarla no más,*
> *Run Run se fue pa'l Norte.*

Yo me quedé en el Sur,
al medio hay un abismo
sin música ni luz,
ay, ay, ay de mí...

—Es más larga, pero no me acuerdo del resto —dijo Margarita dando unas palmaditas en la cabeza al galgo.

—¿Por qué te gustaba esa canción? —preguntó ella, con algo de malicia, recordando lo que se decía en la cárcel, que Margarita había tenido un desengaño amoroso y que ése había sido el origen de sus problemas con la justicia.

—Me ayudaba a desahogarme. Ya sabes, a mí me sucedió algo parecido. Pero él no se llamaba Run Run. Y no se fue para el Norte. Se fue a España, a dirigir una obra de teatro en Barcelona.

—¿Cómo se llamaba?

—Era el director de la compañía en la que yo trabajaba. El nombre da igual. La historia se ha vuelto muy vieja. No como la tuya.

—¿La mía?

—La tuya, sí. Tu historia con Larrea.

—A Larrea lo mataron —dijo ella desviando la mirada. Un grupo de papagayos revoloteaba por los alrededores de la laguna. Eran de color verde, rojo y amarillo. El rebaño de ovejas había desaparecido de la vista.

—Alarga la mano —le dijo Margarita casi riendo—. Alarga la mano como en el cuadro de Miguel Ángel. Verás lo que sucede.

Cerró los ojos para concentrarse mejor. ¿Qué le quería indicar Margarita? ¿Que también Larrea se encontraba allí? ¿Que no lo habían matado? ¿Que había conseguido huir a la Pampa?

—¡Ojalá fuera verdad! —suspiró. Le parecía una situación maravillosa, lejos de su mundo anterior, con Margarita, con Larrea. Un poema que había leído en alguna parte decía que coger leche en cuencos de madera, guardar vacas, remendar zapatos viejos, hacer el pan y el vino, sembrar ajos y recoger huevos tibios eran los trabajos verdaderamente grandes. Si había algo de verdad en eso, y si podía contar con un poco de amor y con la amistad de unas cuantas personas, una nueva vida era posible para ella.

—¡Alarga la mano! ¡Alárgala! —le apremió Margarita.

Hizo lo que su amiga le pedía y buscó la mano de Larrea, igual que el primer día, igual que todas las veces que se decían adiós en los alrededores de Biarritz.

No la encontró. Alguien la agarró de la muñeca y la obligó a despertar. El sueño había concluido.

—Casi me metes el dedo en el ojo —le dijo la mujer corpulenta ajustándose la peluca—. De todas maneras, no te he despertado por eso, sino porque necesito ir al servicio.

Los números rojos del reloj digital señalaban las nueve y diez, y la negrura de la noche cubría todas las ventanillas del autobús. En el interior, terminada ya la película del vídeo, sólo las luces azuladas del techo permanecían encendidas, en guardia. El motor emitía una única nota y producía un zumbido, una cortina de sonido que aislaba aquel recinto metálico del resto del mundo. Seguían viajando hacia Bilbao a toda velocidad.

—Perdone. No creía que fuera tan tarde —respondió a la mujer corpulenta. No acababa de despertarse del todo.

—Llegaremos a Bilbao en menos de una hora —dijo la mujer sin moverse de su sitio.

Se dio cuenta de que los cables de los auriculares estaban en el suelo. Le costaba mantener los ojos abiertos.

—Se me cae todo —dijo inclinándose. También su chaqueta estaba en el suelo.

—A mí me pasa lo mismo —respondió la mujer—. Antes, en cambio, no se me caía nada.

Ella esbozó una sonrisa al recordar un fragmento de su sueño: poco antes de que Margarita se pusiera a cantar, el cordero que estaba en su regazo había echado a correr hacia la laguna. Sin lugar a dudas, aquel fragmento correspondía al momento en que se le había caído la chaqueta. Era maravillosa la capacidad que tenía el sueño de transformar las cosas.

Después de la chaqueta, recogió los auriculares y se los acercó a un oído. Estaban poniendo canciones latinoamericanas del estilo de «Run Run se fue p´al Norte».

—Ya te lo he visto antes —le dijo la mujer corpulenta señalando hacia la chaqueta.

—¿Qué es lo que me ha visto antes? —preguntó ella dejando los auriculares en el brazo del asiento. Ya estaba más despierta.

—El lazo rojo del sida.

—Sí, lo llevo siempre.

No era exactamente así, porque en la cárcel, a causa del imperdible, les estaba prohibido ponerse el lazo. Sin embargo, la respuesta expresaba su deseo. En los cuatro años de encierro había visto morir a dieciséis chicas jóvenes, y ella pensaba llevar aquel símbolo hasta el día en que alguien consiguiera vencer la enfermedad. ¿Volvería a surgir gente como Fleming, Chain y Florey? Había leído un libro sobre el descubrimiento de la penicilina, y admiraba mucho a aquellos tres biólogos. Se había sentido muy poca cosa a su lado.

—No sabes la alegría que me das —le dijo la mujer corpulenta poniéndole su mano en el brazo—. No te lo he dicho antes, pero yo también estuve muy grave. De verdad.

—Le creo. Ya me ha comentado algo.

No tenía muchas ganas de hablar, pero le debía una conversación a aquella mujer, tenía un vínculo con ella. ¿Acaso no pertenecían a la misma provincia los marcados por la enfermedad y los marcados por la cárcel? Las dos llevaban una marca que las separaba del resto de las personas del autobús.

—Sí, he estado a punto de morir un par de veces. ¿Y sabes una cosa? No hay que temer a la muerte. La muerte es dulce. Si una vez muerta los médicos te vuelven a traer al mundo, te enfadas. No quieres volver.

—No sé si estoy de acuerdo con usted —dijo ella sacando el paquete de tabaco. Tenía ganas de fumar un cigarrillo—. Con ciertos sueños sí que sucede eso, querrías quedarte dentro de ellos para siempre, pero con la muerte, no sé.

—¡Es lo mismo, de verdad! —exclamó la mujer algo excitada—. ¿Qué pasa? ¿Quieres fumar? —le preguntó a continuación señalando el paquete de tabaco—. Entonces, ¿por qué no vamos las dos abajo? Necesito ir al servicio, ya te lo he dicho.

—Ahora prefiero ir aquí. En serio. Abajo se oye mucho el ruido del motor.

La mujer corpulenta hizo un gesto, como si no acabara de creerse lo que le había dicho. Pero no dijo nada.

—Váyase al servicio. Seguiremos hablando —la tranquilizó ella. Luego salió al pasillo y le ayudó a levantarse.

—No te he molestado, ¿verdad?

—En absoluto. Cuando vuelva del servicio seguiremos con la conversación.

El autobús comenzó a frenar, y poco después, al final de una amplia curva, aparecieron las luces verdes y rojas del peaje. ¿Dónde estarían exactamente? Miró a un lado y a otro del autobús y vio tres poblaciones bastante grandes, como de unos veinte mil habitantes. ¿Sería Tarazona una de ellas? En vida de su madre habían estado las dos allí, tanto en Tarazona —en el hotel Uriz, el primer hotel que había visitado en su vida— como en el monasterio de Veruela, donde el poeta Bécquer había pasado una larga temporada. Como a todas las maestras de la época, a su madre le habían gustado con locura los poemas de Bécquer, poemas que le recitaba a ella con cualquier excusa. ¿Cómo eran esos poemas?... «Volverán las oscuras golondrinas de tu balcón los nidos a colgar, pero aquellas que fueron testigo de nuestros amores, ésas no volverán...» Uno de ellos decía más o menos eso. Sí, su niñez había sido feliz, pero los recuerdos no servían para mucho. Como los sueños, sólo lograban salvar algún que otro momento aislado. El resto del tiempo, en la vida de todos los días, se imponía el presente.

La zona del peaje estaba muy iluminada, y muchos de los pasajeros que iban dormidos se revolvieron en sus asientos. Un panel azul indicaba que sólo faltaban sesenta y cuatro kilómetros para Bilbao. Por lo tanto, aquella población grande próxima a la autopista no podía ser Tarazona. Por lo tanto...

Interrumpió el hilo de sus pensamientos y, por primera vez desde que iniciara el viaje, pensó en Bilbao buscando las imágenes que se escondían tras aquel nombre. Y entre todas, eligió la de los tejados de la parte antigua de la ciudad, los tejados que ella había visto siempre desde su casa; cientos de tejados color rojo mate con la lluvia cayendo sobre ellos. Tuvo nostalgia de aquella lluvia. ¿Desde cuándo no sentía la llovizna de Bilbao en la cara? No eran sólo cuatro años. Había tenido que abandonar la ciudad mucho antes de ir a la cárcel.

Cuando salieron del peaje, a la oscuridad de la autopista, los cristales de las ventanillas se convirtieron en superficies pulimentadas, en espejos. Aunque lo intentó, no logró saber qué ocurría en el cielo; si había luna, si había estrellas. En la ventanilla sólo encontró su propia figura, el pelo corto, las orejas pequeñas, los ojos hinchados. «Aquí estamos, Irene», pensó dirigiéndose a su imagen.

El policía con aspecto de boxeador la atacó justo en aquel momento. Notó un movimiento extraño a sus espaldas, como si dos brazos quisieran abrazarla, e inmediatamente, antes de que tuviera tiempo de entender lo que estaba sucediendo, un empujón la envió hasta el otro asiento y la arrinconó contra la ventanilla. Sintió un dolor agudo en el costado, y se quedó sin aliento. No obstante, intentó gritar.

—¡Cállate, puta! —le dijo el policía tapándole la boca con la mano. Le hablaba en un susurro, de manera que ni siquiera los viajeros más próximos pudieran oírle. Ella sólo veía su nariz aplastada y sus ojos hinchados, más hinchados aun que los suyos—. Como se te ocurra gritar te rompo un hueso. ¡Te lo juro! —añadió, volviéndole a clavar el puño en el costado.

El dolor hizo que se le saltasen las lágrimas. No podía respirar. No lograba abrir la boca para gritar.

—No quiero complicaciones, pero si tengo que pegarte, lo haré. Te daré una paliza y te romperé un par de costillas. ¿Me has entendido? —le dijo el policía jadeando. Era muy fuerte, pero tenía demasiada grasa en el cuerpo—. ¿Me has entendido, o no? —repitió.

Ella asintió con la cabeza.

—Muy bien, así me gusta —susurró, retirando la mano de la boca de ella—. No me confundas con ese guapo compañero mío. Es un blando, sobre todo con las chicas. No es mi caso, créeme.

Sonrió. Debajo de la nariz aplastada tenía un bigotillo humedecido por el sudor.

—¿Qué quieres de mí? ¿Una fórmula para adelgazar? —le dijo ella tras inspirar profundamente. Vio que su chaqueta volvía a estar en el suelo y se agachó para recogerla.

—Mucho cuidado con lo que haces —le dijo el policía vigilando su movimiento—. Y habla bajo, si no te importa.

—Quiero fumar un cigarro. Ya sabes, viene bien en las situaciones de mucha tensión.

Seguía sin poder respirar normalmente. Estaba un poco asustada.

—En esta parte del autobús no se puede fumar.

Se le ocurrió una respuesta hiriente, pero decidió cambiar de tono. En la situación en que se encontraba, el cigarrillo podía servirle de mucha ayuda.

—Sólo será uno —dijo.

El policía volvió a sonreír. Sacó algo del bolsillo interior de su chaqueta. Un papel cuadrado.

—¿Qué quieres? ¿Hacerme esto? —le dijo mientras pulsaba un botón del techo y encendía un pequeño foco.

El papel cuadrado era una fotografía Polaroid. Mostraba el tronco desnudo de un hombre, atravesado por líneas sanguinolentas.

—Lo has dejado bien marcado, eso no se puede negar —dijo el policía.

—No sé de qué estás hablando —dijo ella encendiendo el cigarrillo y aspirando el humo. Tenía que actuar con prudencia. Su capacidad de maniobra era muy pequeña.

—Claro que lo sabes, por supuesto que sí —dijo el policía con un suspiro. Guardó la fotografía.

—¿Qué es lo que quieres? —le preguntó ella exhalando el humo con fuerza.

—Necesitamos tu colaboración. Queremos que colabores con nosotros.

—A eso se le llama hablar claro.

—No me gusta perder el tiempo. No me gusta nada. Eso lo dejo para los policías guapos.

Tenía mucha grasa alrededor de los ojos, y una mirada opaca, enferma. ¿Cómo sería su comportamiento sexual? No muy sano, probablemente. ¿Qué haría con las mujeres? ¿Las pegaría?

—Te hablaré con mayor precisión —continuó el policía. El ruido del motor del autobús se había hecho intenso y se veía obligado a hablar más alto—. Tenemos propuestas muy concretas para ti. Si quieres colaborar con nosotros, todo irá bien. Te daremos protección, documentación nueva, una vivienda, un buen sueldo...

—¿Hasta cuándo? ¿Durante toda la vida? Pero... ¿cuánta información creéis que tengo? —le interrumpió casi riéndose. Dio una nueva calada al cigarrillo y logró que el humo llegara hasta los viajeros que iban en el asiento de delante. Uno de ellos abanicó el aire con una revista.

—¿Hasta cuándo? Pues eso habrá que verlo. Para empezar tenemos un trabajo especial para ti. Queremos esclarecer la muerte de Larrea. Creemos que ya ha llegado la hora de saber lo que pasó con él.

—¿Por qué no miráis dentro de vuestra propia casa? Lo matasteis vosotros, ¿no? —dijo ella en el tono más neutro posible. Pero la noticia la había sobresaltado.

—Es una de las posibilidades. Pero nos gustaría examinarlas todas, no una sola. Quisiéramos repasar un poco la reunión que hace unos cinco años mantuvisteis en el palacio de cierto aristócrata. ¿Qué tal andas de memoria visual? Si te enseñamos fotografías, ¿podrías reconocer a los que estuvieron allí?

—No sé de qué me hablas. En serio —dijo ella volviendo a lanzar el humo del cigarrillo hacia los viajeros del asiento de delante. Era su única salida. Tenía que conseguir que se enfadaran, que interrumpieran aquel interrogatorio. Era evidente que la mujer corpulenta estaba retenida en la plataforma de abajo y que no iba a volver.

El policía resopló con fuerza. Su nariz aplastada no le dejaba respirar bien.

—Lo sabes, pero no me lo quieres decir. Me parece normal. Todavía no conoces mi propuesta global. Y eso es precisamente lo que quiero ahora, plantearte mi propuesta en su globalidad.

Los dos viajeros que iban delante —se trataba de una pareja— murmuraban a causa del humo, pero sin atreverse a protestar. Si no reaccionaban, seguiría acorralada hasta que al policía le diera la gana.

—Acaba cuanto antes. A mí tampoco me gusta perder el tiempo —dijo.

—No te preocupes, acabaré enseguida. Sólo me queda exponerte el lado malo de la propuesta. Lo que te sucederá si no colaboras con nosotros —le respondió el policía. Parecía bastante tranquilo. Sonreía—. ¿No lo adivinas? ¿No adivinas lo que te sucederá?

—No tengo ni idea.

Se llevó el cigarrillo a los labios. Estaba irritada con la pareja de delante. Parecían dispuestos a aguantar todo el humo que ella pudiera echarles.

—Pues haremos que la fotografía circule por ahí. Con eso será suficiente —dijo el policía.

—¿Suficiente? —se rió ella—. Para empezar, no tenéis pruebas. Y aunque las tuvierais, me da igual. Alegaría defensa propia, que ese tipo me quería violar.

El policía se rió.

—Además, aun en el peor de los casos, el castigo no sería grande. A juzgar por la foto, sólo tiene unos cortes.

La mirada del policía fue burlona.

—No me refiero a esa foto, mujer. Me refiero a esta otra.

También se trataba de una Polaroid. Era una fotografía en la que aparecían ella y el policía de la corbata roja sentados en la salita de la zona de fumadores. Ella comiendo una chocolatina Crunch y él con la sonrisa en la boca y hablando.

—Mírala, mírala bien —le dijo el policía ofreciéndole la fotografía—. Y si quieres romperla, rómpela. Ésta no me ha salido muy bien, demasiado oscura. Las otras me han quedado mucho mejor.

Era la imagen de una pareja que charlaba animadamente de sus cosas. Estaba sacada desde la zona del servicio, o desde la base de la escalerilla. ¿Cuándo, exactamente? En el trozo de cielo que aparecía en una esquina de la foto se podían ver unas nubes color naranja y un círculo amarillento, el último sol del día.

—No había mucha luz —explicó el policía adivinando sus pensamientos—. Pero la máquina que tengo es muy especial. Silenciosa y de gran sensibilidad.

—¿Y con esto qué? —dijo ella al fin. Se le estaba acabando el cigarrillo. Sin contar el filtro, le quedaba poco más de un centímetro. Y la pareja de delante seguía igual, murmurando y disipando de vez en cuando el humo con una revista, pero sin levantar la voz. ¿Qué más podía hacer? Tenía que poner fin a aquel asedio. ¿Y si empezaba a gritar? Quizá fuera una salida, pero la fuerza del policía la asustaba. Todavía le dolía el costado.

—Como te he dicho ya, si no quieres colaborar con nosotros pondremos las fotos en circulación. Y ya verás luego. Antes de que pase un mes algún periodista hará el reportaje de su vida: «El precio de la libertad. Cómo pactan los terroristas para salir de la cárcel.» Algo así.

El policía miraba hacia el techo, como si el título del reportaje estuviera escrito allí.

—Nosotros sacaremos un comunicado negándolo todo —continuó—, pero, claro, mi amigo es demasiado guapo para pasar inadvertido. Muchos de tus antiguos amigos le conocen. De haberle visto en comisaría, quiero decir. Creo que le llamaban Valentino. En fin, no quiero entretenerte más. Creo que está bastante claro. Cinco o seis artículos sobre arrepentidos que han traicionado la sagrada causa, y luego pum. Se acabó.

—Muy bien. Consideraré tu propuesta. Ahora déjame sola, por favor.

—De ninguna manera. No pienso dejarte sola. Iré contigo hasta Bilbao. Y quiero una respuesta antes de llegar. Si es afirmativa, vendrás con nosotros. Si es negativa...

El policía resopló y giró la cabeza hacia ella.

—Si es negativa, querida Irene —continuó, subrayando cada sílaba—. Si es negativa...

—Ya lo sé. Las fotos en el periódico, y pum —le interrumpió ella.

—Pero antes de eso, algún hueso roto. No sabes las ganas que te tengo, Irene. Casi prefiero que digas que no. Hago esto porque no me queda otro remedio que cumplir órdenes, pero si fuera por mí acabaría con vosotros antes. Mucho antes.

Volvió a sentir el puño del policía en el costado y no pudo reprimir un grito. Por un segundo, imaginó a un viajero acudiendo donde ellos y preguntando por lo que estaba pasando, pero enseguida desechó aquella posibilidad. El autobús iba lanzado, el motor zumbaba, la gente tenía los ojos cerrados y dormitaba. Sintió deseos de abandonarse, de morir. Tenía que haber previsto lo que le iba a ocurrir. Conocía poemas que hablaban de ello, poemas que decían la verdad.

No vino Todo a un tiempo.
Era un Asesinato por etapas.
Una Puñalada —luego una oportunidad
  para la Vida.
La Dicha de cauterizar.

El Gato da tregua al Ratón.
Lo suelta de sus dientes
justo lo suficiente para que juegue la Esperanza.
Y luego lo machaca hasta la muerte.

Morir es el premio de la vida.
Mejor si es de una vez
que no morir a medias —luego recuperarse
para un Eclipse más consciente.

De pronto fue como si su cabeza y su mano empezaran a obrar separadamente. Mientras la cabeza se llenaba de oscuros pensamientos, la mano se aferró al cigarrillo. Estaba casi consumido, pero seguía encendido, tenía un capuchón rojo pegado al filtro. Alargó el brazo por encima del asiento y lo dejó caer sobre la falda de la mujer que iba delante. Se oyó un chillido.

—¡Quién ha sido! ¡Quién ha sido! —preguntó el joven que viajaba con la mujer saliendo al pasillo y mirando al policía. Estaba tan excitado que no acertaba a hablar, se limitaba a repetir la pregunta una y otra vez, «quién ha sido, quién ha sido». El policía retiró el puño de su costado.

El pasillo comenzó a llenarse de viajeros. No, no había derecho. Nadie respetaba las prohibiciones. Qué desfachatez, ponerse a fumar allí cuando abajo había un lugar reservado para ello.

El policía no reaccionaba.

—¿Qué ha pasado? —preguntó alguien desde atrás. Nadie le respondió. Todos miraban hacia el policía, aunque con cierta prevención. Su aspecto de boxeador imponía respeto.

Alguien encendió la luz general del autobús. Daba la impresión de que nadie estaba en su sitio.

—¿Por qué ha hecho eso? ¿Eh? ¿Por qué ha hecho eso? —dijo el joven dirigiéndose al policía. Se sentía humillado.

—Ha sido la chica. Era la chica la que estaba fumando —dijo un niño señalándola con el dedo.

—¿Sí? ¿Es verdad eso? —preguntó el joven algo desconcertado. Tenía cara de buena persona.

—Sí, es verdad. Yo lo he visto —respondió el niño.

—¿Por qué ha hecho eso? Mi esposa está embarazada —dijo el joven. Tras la primera reacción, no sabía qué hacer.

—Y si no estuviese embarazada, ¿qué? ¿Hubiese estado bien lo que ha hecho? —dijo la mujer del joven desde el asiento—. Pero da lo mismo, Eduardo. Con la gente que está loca no hay nada que hacer.

Hubo un silencio. Casi todos los viajeros habían vuelto a sus asientos. El incidente iba a concluir con la misma rapidez con que se había iniciado. De allí a muy poco, el zumbido del autobús volvería a ocupar el primer plano, y el viaje proseguiría igual que antes.

—¿Te he quemado? —preguntó ella poniéndose de pie y dirigiéndose a la mujer del asiento de delante.

—No, pero casi me has hecho un agujero en el vestido —respondió la mujer con sequedad.

—Me gustaría compensaros con algo —le dijo ella. Se puso la chaqueta de un solo movimiento y extendió el brazo hacia el joven, que todavía seguía en el pasillo—. ¿Me ayudas? Mi compañero de asiento ocupa mucho sitio y no me deja salir.

El policía movía la barbilla y la boca, como si quisiera atrapar los pelos del bigote. ¿Le impediría salir? Después del incidente, no era muy probable. Los viajeros podrían armar otro escándalo, y alguno de ellos podría incluso denunciarlo a la prensa. En ese caso, el artículo del periódico no sería el que había anunciado —«El precio de la libertad. Cómo pactan los terroristas para salir de la cárcel»—, sino otro muy diferente que acusaría a la policía de chantaje. Además, aparte de todas esas consideraciones, el policía no parecía tener muchos recursos para situaciones como aquélla.

No ocurrió nada. El joven tomó su mano y tiró con fuerza, al tiempo que ella se apoyaba en la cabecera del asiento y saltaba al pasillo. Una vez libre, abrió la maleta y sacó el cuadro que mostraba a Adán y Dios buscándose mutuamente con el brazo extendido.

—¡Es muy bonito! —se sorprendió el joven. Los dos viajeros que ocupaban los asientos del otro lado hicieron gestos de aprobación. También a ellos les gustaba mucho.

—Es una copia —dijo ella—. Acéptalo, por favor.

—¡Es muy bonito! —repitió el joven cogiendo el cuadro y levantándolo para que lo viera su mujer—. ¿De quién es?

—Está en el techo de la Capilla Sixtina.

—Estuvimos de viaje de novios en Italia, pero no visitamos ningún museo —dijo el joven.

—Esta copia la hizo una persona que está en la cárcel. Se llama Margarita.

—Da igual. Sigue siendo bonito.

Estuvo a punto de decirle que era bonito precisamente por eso, porque había sido hecho en la cárcel, porque la autora de la copia había tenido muchísimo tiempo para hacer su trabajo, pero decidió callarse. Por fin estaba en el pasillo, a salvo. Cogió la maleta y se encaminó a la plataforma de abajo.

El autobús iba descendiendo hacia el fondo de un valle sobre el que se divisaba el resplandor color cobre de las luces de Bilbao. Quedaba muy poco para que el viaje finalizara. Menos de media hora. ¿Qué podía hacer hasta entonces? ¿Cómo mantener la policía a distancia? Sólo conocía a tres personas en el autobús, las dos religiosas y la mujer corpulenta. Sólo ellas podían darle protección.

Las tres —la mujer corpulenta y las dos religiosas— estaban sentadas en la salita. Al lado de la máquina de café, apoyado en el pequeño mostrador, el policía de la corbata roja charlaba con la azafata.

—¿Me traerá una taza de café, por favor? —le dijo a la azafata al pasar. En cuanto la vio, el policía de la corbata roja miró alarmado hacia la escalerilla. No comprendía lo que pasaba. ¿Dónde estaba su compañero?

—Por fin estás aquí —le dijo la religiosa de los ojos verdes a modo de saludo. Su voz sonó apenada—. ¿Qué te han hecho? Ese hombre nos ha dicho que tenían que someterte a un interrogatorio. Que tenían que arreglar un asunto muy grave contigo.

—Eso ha dicho, sí, y que a mí no me estaba permitido volver arriba —añadió la mujer corpulenta lanzando una mirada al policía.

—¿Y qué asunto grave han mencionado? —preguntó ella quitándose la chaqueta. De pronto, sentía calor.

—Una bomba —dijo la otra religiosa. De cerca parecía aún más anciana. Estaba enfadada.

—Qué poca imaginación tienen —confirmó ella, a la vez que sacaba un cigarrillo y lo encendía—. Siempre recurren a la misma historia. ¿Qué más han dicho? ¿Que la bomba podía explotar aquí mismo?

—Eso es lo que han dicho, efectivamente —dijo la anciana. Hablaba con brusquedad, como a tirones.

—Nos ha visto a nosotras, tres mujeres mayores, y le ha parecido que con esa patraña era suficiente —dijo la religiosa de los ojos verdes riéndose. También ella se sentía aliviada—. Con todo, la cuestión no es lo que nos ha dicho, sino la forma en que nos lo ha dicho. Ha quedado claro que nos prohibía acercarnos a ti. Menos mal que no has necesitado de nosotras.

—Me ha salvado el tabaco —bromeó ella.

—El tabaco es muy malo —intervino la mujer corpulenta.

—¿Qué lleva en esa maleta? —le espetó de pronto la anciana. Era desconfiada.

—Por favor, hermana —le corrigió su compañera.

—No, déjela. Se lo mostraré con mucho gusto —le dijo ella, abriendo la maleta sobre sus rodillas y sacando los libros del interior. *Rojo y Negro* de Stendhal, *Quosque tandem* de Oteiza, los poemas de Emily Dickinson, la antología de poesía china y las memorias de Zavattini quedaron sobre la mesa.

—No saques más cosas. La hermana Martina ya se ha convencido —dijo la religiosa de los ojos verdes cogiendo las memorias de Zavattini.

—Antes estaba igualmente convencida —aclaró la anciana.

—Claro que sí, hermana.

Se acercó la azafata con el café y tuvieron que hacer sitio para la bandeja. Pero el autobús, en un descenso lleno de curvas, no permitía grandes equilibrios, y ella cogió el vaso de café entre las manos e indicó a la azafata que se llevara el resto.

Miró por el cristal de la ventanilla. Bajo el cielo color cobre de Bilbao, las montañas eran negras, pero de una negrura dulce.

—¡Mirad lo que leo aquí! —exclamó de pronto, como asustada, la religiosa de los ojos verdes—. ¡Asombroso!

Todos la miraron, incluso la azafata y el policía de la corbata roja.

—¡Escuchad esto! —añadió enseguida. Comenzó a leer un fragmento de las memorias de Zavattini.

La mujer de Leroy nos invitó a café mientras su hija planchaba, hablando de Van Gogh como si fuese de la familia. El ala del edificio donde habitaba Vincent está casi derruida; ahora sólo viven allí algunas locas. Las monjas...

La religiosa de los ojos verdes interrumpió su lectura y echó una mirada para asegurarse de que la estaban escuchando. A continuación, subrayando cada palabra, leyó la frase que tanto la había asombrado:

Las monjas llamaban caca de golondrina a los cuadros de Vincent.

—¡Caca de golondrina! —exclamó a continuación abriendo mucho los ojos—. ¡No lo puedo creer! ¡La pintura de Van Gogh, caca de golondrina!

Ella tomó un sorbo de café. No sabía qué pensar. Probablemente, estaba intentando animarla, quería entretenerla hablándole de cosas que no fueran las bombas y la policía.

—Ustedes, las monjas de ahora, tienen más corazón —dijo la mujer corpulenta saliendo del ensimismamiento en el que parecía sumida.

—No lo decía por eso —contestó la religiosa—. Sólo que me ha chocado encontrarme con esas palabras nada más abrir el libro. Pero, claro, la época condiciona mucho, todos somos hijos de la época. Es lo que les pasaba a las religiosas que trabajaban en el manicomio donde estuvo Van Gogh. Y lo que nos pasará a nosotras con respecto a ciertas cosas. Muchos de nuestros errores no son propiamente nuestros, sino debidos a la época. Pero, perdonadme, me he puesto a sermonear sin darme cuenta...

—No se preocupe —le dijo ella echando la ceniza en el vaso de plástico. Ya había terminado el café.

—Sólo quería decir eso, que no somos totalmente responsables de muchas de las cosas que hacemos, que la época también pone su parte.

—Le agradezco sus palabras.

—Yo no sé por qué habrás estado en la cárcel, pero lo que sé a ciencia cierta es que eso pertenece al pasado. Y que no tienes por qué volver a él. Esa gente —señaló con la barbilla hacia la zona de la cafetera— no tiene derecho a molestarte.

—Ésa es mi opinión. Pero no la de ellos.

Volvió la cabeza y miró hacia atrás. El policía con aspecto de boxeador y el de la corbata roja estaban de pie junto a la escalerilla, pero sin hablarse. La azafata hacía cuentas.

—Pues mira, no quiero meterme en tus asuntos, pero te voy a decir una cosa —le dijo la religiosa, inclinándose y bajando la voz—. Estoy segura de que contarás con tu familia y tu círculo de amigos, pero si quieres venir a nuestra casa, serás muy bien recibida. Allí no te molestaría nadie y, no sé, quizá te sentirías segura. En nuestra casa hay trabajo de sobra, y nadie se aburre.

—Eso quería decir yo —intervino la mujer corpulenta—. Que las monjas de ahora ayudan mucho a la gente, y que tienen más corazón que las de antes. ¿Sabes a qué se dedican?

Le dirigió una sonrisa cómplice.

—No. No lo sé.

—Te daré una pista. Algo que tú llevas encima lo podrían llevar ellas perfectamente. Y con más derecho que nadie.

—¡Qué paciencia hay que tener con usted! —dijo la anciana con un gesto de aburrimiento.

—Pues el lazo rojo —continuó la mujer corpulenta pasando por alto el comentario—. Se encargan de cuidar a los enfermos de sida. Comparten su vida con chicas y chicos que tienen ese mal. Y eso tiene un mérito enorme. Nadie quiere tener enfermos a su lado. Ni enfermos de sida ni enfermos de cualquier otro tipo. Así está la sociedad hoy en día, da asco. Yo misma...

—Usted no tiene motivos para quejarse —le interrumpió sonriente la religiosa de los ojos verdes—. Ya nos ha contado su caso y sabemos que ahora se encuentra perfectamente.

—¿Dónde tienen la residencia? —preguntó ella.

—Está a unos veinticinco kilómetros de la ciudad. A orillas del mar. Es un lugar muy hermoso.

—Pero húmedo. Muy húmedo.

—Por un lado, no tengo motivos para quejarme. Pero por otro, sí —insistió la mujer corpulenta. Antes de que nadie pudiera interrumpirla, comenzó a enumerar los errores que los médicos habían cometido con ella.

La ventanilla del autobús se cubrió de gotas de lluvia. Eran como brillantes: brillantes del tamaño de un garbanzo, o de un guisante, o de un grano de arroz, o tan diminutos como los que se suelen engastar en la esfera de los relojes.

Se quedó mirando las gotas, y el tercer sueño del viaje comenzó a tomar forma en su mente. Pero en esta ocasión soñó despierta, con la sola ayuda de su imaginación.

TERCER SUEÑO

Vio una playa, y en uno de sus lados una casa blanca con ventanas azules, una villa de principios de siglo en la que —lo supo cuando su imaginación le permitió entrar en ella— vivían nueve enfermos, cinco chicas y cuatro chicos, todos muy jóvenes, todos con caras muy deprimidas, y para ayudar a éstos había otras cuatro personas, la religiosa de los ojos verdes, la anciana, un enfermero y ella misma.

Pero ¿qué hacía ella en la villa? Es decir, además del trabajo de enfermera. En un primer momento le costó adivinar su cometido, pero al final, después de dar con una habitación cuyo suelo estaba parcialmente cubierto de cojines, comprendió que debía de hacer lo mismo que Margarita en la cárcel, consolar a la gente, pero consolarla con las maravillosas palabras de los libros, no con frasecitas improvisadas y vulgares. Así pues, y para que el sueño pudiera avanzar, imaginó aquella habitación llena de gente, y se vio a sí misma sentada entre los enfermos y leyéndoles un libro. Pero ¿qué les leía?

Recurrió a su memoria en busca de algún fragmento bello, y recordó unas líneas que había copiado en uno de sus cuadernos. Era el final del primer poema que les había enseñado Margarita:

Lucha, alma mía, por las horas y los instantes;
cada hora, cada instante, puede dártelo todo;
mira a ese capitán, mira cómo reúne
sus legiones dispersas después de la batalla,
mira qué fiesta organiza en el campamento;
sabe sin embargo que la desgracia está cercana,
y que él mismo caerá a tierra con la bandera
    rota,
sabe que muy pronto abandonará su querida
    tierra;
pero él no piensa en la derrota, y ríe, y canta;
en el campamento, la fiesta es cada vez más
    hermosa.

Intentó examinar los rostros de los chicos y las chicas que tenía alrededor, y tuvo la impresión de que el poema les había gustado pero que, no obstante, al sentirse incapaces de imitar al capitán, se habían quedado más tristes que antes de la lectura. Ante un futuro oscuro, estaba bien aferrarse al presente. Pero, ¿cómo se conseguía eso? ¿Cómo se ponía el cascabel al gato?

Pensó que, efectivamente, aquel poema y otros parecidos podían ejercer una influencia negativa, ya que nombraban el obstáculo insalvable y lo metían en casa, como un fantasma, y que su objetivo no debía ser otro que el de crear diversión, alegrar como fuera a aquellas personas. ¿Por qué no utilizar, por ejemplo, una recopilación de poemas humorísticos? Poemas como aquel que tanto divertía a Antonia:

Tres hombres sabios de Cuenca
se hicieron a la mar en un cuenco;
de haber sido más fuerte la embarcación
esta historia tendría continuación.

Enseguida se dio cuenta del éxito. La mayoría de los jóvenes aplaudían, y uno de ellos reía a carcajadas enseñando su boca sin dientes. Sí, ése era el camino. No se trataba de ensalzar la alegría. La alegría se demostraba alegrando.

Se vio a sí misma asomada a la ventana de la habitación de los cojines, mirando las olas de la playa mientras fumaba un cigarrillo. Sí, podía quedarse en aquella casa. También aquel lugar estaba apartado del mundo, igual que la Pampa. Además, allí podría ser útil.

Las olas de la playa desaparecieron de golpe y volvió a ver la ventanilla del autobús salpicada de lluvia. Habían llegado al último peaje del trayecto.

La mujer corpulenta seguía hablando. La religiosa de los ojos verdes asentía con la cabeza, pero la miraba a ella.

—Estamos llegando —advirtió la religiosa aprovechando una pausa de su interlocutora.

—Entonces, voy a fumar el último cigarro —dijo ella escrutando el exterior. Vio las luces de una fábrica y las de las farolas de una calle desierta. La lluvia caía formando hilos, hilos grises.

—El anterior te lo he apagado yo. Estaba quemando el vaso de plástico —dijo la mujer corpulenta buscando la complicidad de la religiosa anciana. Pero ésta siguió mirando por la ventanilla sin prestarle atención.

—Deberías ir guardando las cosas en la maleta. Esto ya es Bilbao —le urgió la religiosa de los ojos verdes.

El autobús marchaba por un tramo de la autopista desde el que se dominaba toda la ciudad.

Miró hacia la ventanilla. En una extensión de muchos kilómetros, las luces lo emborronaban todo, y resultaba imposible adivinar por dónde discurría el río o en qué zona quedaba su barrio, el casco viejo de Bilbao.

El autobús comenzó a descender y enfiló una calle. Vio a dos hombres con paraguas caminando por la acera, y algo más adelante, en un espacio abierto, un grupo de niños jugando al fútbol. Bilbao. Su ciudad.

No pudo seguir mirando, y se concentró en el cigarrillo que estaba fumando. No quería emocionarse.

—Parece que hemos llegado —oyó. El policía de la corbata roja se había acercado a ella—. No me miren así, por favor. Sólo he venido a despedirme. Además, ya estoy fuera de servicio.

—Usted es de los que no se cansan nunca, ¿verdad? —le dijo la religiosa de los ojos verdes.

—Hay mucha gente pesada en el mundo —dijo la anciana.

El policía hizo oídos sordos y se dirigió a ella.

—Hasta la próxima, Irene. Espero que nos volvamos a ver.

—A mí me parece bastante difícil que nos volvamos a ver.

—Ya sé que hoy no me he portado bien, pero mi intención era buena. Y al decirte que quería una relación contigo estaba diciendo la verdad. Deberías concederme una oportunidad. No te pediré nada a cambio. Guarda esto, por favor.

Su chaqueta seguía sobre uno de los asientos. El policía la cogió y metió su tarjeta en uno de los bolsillos.

—Mi número de teléfono personal está en la tarjeta. Te lo doy con total confianza, y espero otro tanto de ti. En cuanto a usted —añadió, mirando a la religiosa de los ojos verdes—, me gustaría comentarle una cosa.

—Tendrá que ser breve. Estamos muy cerca de la estación de autobuses —le dijo la religiosa.

—Sólo una cosa muy simple. En esta mesa han estado ustedes hablando de enfermos y de marginados. Pues también nosotros somos gente marginada, sobre todo aquí, en el País Vasco. No podemos hacer amigos, y estamos obligados a vivir escondidos si no queremos que nos maten los terroristas. Por eso, usted ha hecho mal censurando nuestro comportamiento. Nosotros cumplimos con nuestro deber, nos guste o no. Hoy por ejemplo no me ha gustado. Pero lo teníamos que hacer. Ahora el trabajo ha terminado, y la vida continúa.

Hacía un gran esfuerzo por controlarse y no dejar traslucir su enfado, pero acabó su pequeño discurso con la cara roja. Parecía totalmente sincero.

—Lo tendré en cuenta —dijo la religiosa.

—¡Por fin hemos llegado! ¡Ya era hora! —dijo la anciana poniéndose de pie. El autobús acababa de entrar en la estación.

—Adiós, Irene —se despidió el policía tendiéndole la mano.

—Si nos volvemos a ver, te la estrecharé. Ahora no —le dijo ella vistiéndose la chaqueta.

Se oyó una especie de estornudo y las puertas se abrieron de golpe. Los viajeros de la zona de arriba empezaron a bajar por la escalerilla.

—Muy bien, Irene. Hasta la vista —le respondió el policía. Luego se reunió con su compañero de la nariz aplastada y los dos se bajaron del autobús.

—Nosotras vamos a coger un taxi. ¿Tú qué vas a hacer? —le preguntó la religiosa de los ojos verdes. Después de lo hablado en la salita, la pregunta era una invitación a que las acompañase.

Decidió considerar aquella posibilidad. Podía hacer una prueba, sólo durante un par de semanas, hasta ver cómo estaban las cosas por Bilbao. Y, por qué no, podía ir aquella misma noche. Luego llamaría a su padre y le diría que tenía que estar en un lugar discreto durante una temporada, por nada en especial, únicamente por precaución.

Bajó del autobús y miró alrededor. ¿Dónde estarían los dos policías? ¿Tendrían intención de seguirla? También desde ese ángulo le venía bien acompañar a las religiosas. Eran un seguro para ella.

—Yo también tengo que tomar un taxi. Vivo aquí mismo, pero me encuentro demasiado débil para caminar —dijo la mujer corpulenta.

—Les acompañaré hasta la parada —propuso ella.

Había unos veinte pasos desde la puerta del autobús hasta los taxis, pero aquel tramo se le hizo mucho más largo, porque fue como un descenso a la realidad. A cada paso que daba, la villa de los enfermos junto a la playa le parecía más lejana, y más irreal su proyecto de ir allí a colaborar como enfermera o asistente. Al final, cuando llegaron al taxi, su propósito —como todas las quimeras, como todos los sueños— se desvaneció en el aire. No, no aceptaría la invitación, no iría a cuidar jóvenes enfermos para asegurarse un refugio y vivir apartada del mundo. Además, la huida era imposible. Como el mismo aire, las sustancias malignas del mundo se metían por cualquier intersticio y lo impregnaban todo, hasta la vida de la gente que se encerraba en habitaciones estancas.

—Yo voy a pie. La casa de mi familia está justo ahí, en el casco viejo —dijo a la religiosa de los ojos verdes.

—Me parece bien. De todas formas, no te olvides de nosotras. Pasa por allí cuando quieras —le respondió la religiosa entregándole una tarjeta.

—Lo haré —dijo ella. Cogió la tarjeta y la guardó en el bolsillo de la chaqueta.

—Nos vamos a mojar si nos quedamos aquí paradas —dijo la anciana señalando hacia arriba, a la llovizna.

—Adiós a todas. Hasta la vista.

La caminata hasta el casco viejo de la ciudad también fue un descenso, pero esta vez sus pasos no recorrieron el tramo entre sueño y realidad, sino otro más simple que separaba lo exterior de lo interior. Había estado mucho tiempo fuera, y ahora volvía a casa. Al llegar al puente sobre la ría y ver todos los lugares de la infancia —el parque del Arenal, la iglesia de San Nicolás, el teatro Arriaga—, comenzó a sentir lo que le había anunciado Margarita al salir de la cárcel, que las cosas de su vida pasada, lo mismo las piedras de los edificios, que las barcas de la ría o los rótulos de las cafeterías, comenzarían a hablarle, «bienvenida, bienvenida a casa», y que aquella acogida le daría fuerzas.

Antes de llegar al otro extremo del puente, se detuvo y miró al cielo. No estaba completamente cubierto. A pesar de la llovizna, se podía ver la luna entre dos nubes.

APÉNDICE

Poemas y canciones que se citan
a lo largo de la novela

Golpea los barrotes. Fragmento. Carl Sandburg.
Un ser salvaje. D. H. Lawrence.
La mala reputación. Fragmento. Georges Brassens.
  Versión de Paco Ibáñez
Me gustan las mujeres. José de Espronceda.
El ánimo de quien ha estado preso. Poema de Joseba
  Sarrionandia.
Si me quieres escribir. Canción popular. Versión.
Dalle piu alte stelle. Poema de Miguel Ángel.
Salommon Grundy. Letanía infantil inglesa.
«De muy niño, en Orio». Fragmento de *Quosque tan-*
  dem. Jorge Oteiza.
«El sol, al ponerse y acercar así el momento decisivo».
  Fragmento de *Rojo y Negro.* Stendhal. Traducción
  de Carlos Pujol.
Los dos corazones. Poesía tradicional china. A partir de
  la versión de Joseba Sarrionandia.
Last night I dreamt. Fragmento. Canción de The
  Smiths.

Tiene la hierba tan poco que hacer. Poema de Emily Dickinson. Según la traducción de Margarita Ardanaz.

Estrella de la tarde. Poema de Safo de Mitilene. Traducción de Carlos García Gual.

Good night, Irene. Canción popular del Sur de Estados Unidos.

Ixil ixilik dago. Canción popular vasca.

Corderito, ¿quién te hizo a ti? Poema de William Blake. Traducción de Elena Valentí.

Run Run se fue p´al Norte. Canción de Violeta Parra.

No vino todo a un tiempo. Poema de Emily Dickinson. Traducción de Margarita Ardanaz.

«La mujer de Leroy». Fragmento de *Diario de cine y vida* de Cesare Zavattini. Publicaciones de la 1/2 Vaca.

No abandones aún, alma mía. Fragmento. R. L. Stevenson. A partir de la traducción de Javier Marías.

Tres hombres sabios de Cuenca. A partir de una canción infantil inglesa.